CARAMBAIA

ilimitada

Louis-René des Forêts

O tagarela

Ensaio
MAURICE BLANCHOT

Tradução e posfácio
PABLO SIMPSON

O tagarela
- 7   Capítulo I
- 49 Capítulo II
- 93 Capítulo III

. . .

- 110 Ensaio: A palavra vã, por Maurice Blanchot
- 126 Posfácio, por Pablo Simpson

Capítulo I

Olho-me com frequência no espelho. Meu maior desejo sempre foi descobrir em mim algo de patético nesse olhar. Creio que nunca deixei de preferir as mulheres que, seja por cegueira amorosa, seja para prender-me a seu lado, inventavam que eu era mesmo um belo homem ou de traços enérgicos; aquelas que me diziam, quase sussurrando, com uma espécie de reserva apreensiva, que eu não era de nenhum modo como os outros. De fato, durante muito tempo, estive convencido de que aquilo que devia me tornar mais atraente era a minha singularidade. Foi no sentimento da minha diferença que encontrei meus principais motivos de exaltação. Mas hoje, depois de perder um pouco do orgulho, como esconder de mim mesmo que não me distingo em nada? Faço uma careta ao escrever isso. Que eu conheça enfim uma verdade tão intolerável, ainda passa, mas vocês! Para dizer a verdade, em meu desconforto se esgueira esse leve sentimento de prazer ácido que provamos ao anunciar um de nossos defeitos, mesmo que ele não tenha a menor chance de interessar ao público. Talvez me perguntem se decidi confessar-me para provar dessa espécie de prazer um pouco mórbido que acabei de mencionar. Gostaria de compará-lo àquele buscado por algumas pessoas refinadas que, com lentidão estudada, acariciam com a ponta do indicador um leve arranhão que elas mesmas se fizeram, de propósito, no lábio inferior, ou que inserem a ponta da língua na polpa de um limão que acabou de amadurecer. Diante disso, sou obrigado a sorrir, e sorrindo lhes respondo que me gabo de ter pouco interesse pelas confissões. Meus amigos dizem que sou o silêncio em pessoa; eles não vão negar que, apesar de serem extremamente hábeis, nunca conseguiram arrancar de mim o que eu me empenhava em guardar em segredo. Concordamos até em ver nessa impossibilidade de eu me entregar uma deficiência bastante grave, que despertava piedade, e não resisto ao prazer, idêntico ao descrito mais acima, de acrescentar que uma vaidade dissimulada me levava a tirar proveito dessa crença, simulando ou apenas exagerando o sofrimento que me causava essa enfermidade deplorável, como se eu tivesse um grande segredo de que teria me aliviado em confiar se não o tivesse considerado, em virtude de seu caráter excepcional e íntimo, absolutamente inconfessável.

Mas, se me deixo levar por meu zelo, vou me atribuir segundas intenções que não tive para dar de mim a aparência de um homem sincero que está longe de sonhar em poupar-se das humilhações. Não é, portanto, pelo prazer de entretê-los comigo que peguei a pena, tampouco para pôr em evidência meus dotes literários. Nesse ponto, sou obrigado a abrir um parêntese, mas vocês já devem ter comprovado, por experiência própria, que, sempre que alguém tenta explicar-se com franqueza, é obrigado, a cada frase afirmativa, a acrescentar outra dubitativa, o que, na maioria das vezes, equivale a negar o que se acabou de dizer. Logo, é impossível livrar-se do escrúpulo meio horripilante de não deixar nada na sombra. Eu dizia, assim, que não me preocupo nem um pouco com a linguagem que utilizo para pôr estas linhas no papel. Não, nem um pouco é, sem dúvida, um exagero. Meu gosto me conduz naturalmente ao estilo alusivo, colorido, apaixonado, obscuro e desdenhoso, e hoje resolvi, não sem repugnância, deixar de lado toda pesquisa formal, de modo que me vejo escrevendo com um estilo que não é o meu; quer dizer, renunciei a todas as tentativas ridículas de sedução com as quais me vejo por vezes jogando, sabendo bem o que valem: não passam de uma habilidade ordinária. Some-se a isso o fato de meu estilo natural não ser o confessional, não é de admirar que ele se assemelhe a muitos outros; mas não tenho nenhuma pretensão, estejam avisados.

E, bem, venhamos às razões que me levaram a expor-me de forma sórdida. Vocês notarão de passagem o tom um pouco debochado ao qual me abandono, apesar da decisão que tomei de ser tanto sério quanto sincero, pouco provocante e pouco amável, mas, se fizerem uma experiência análoga, descobrirão que não há nada mais difícil – a menos que estejam inflamados por alguma convicção – do que falar de si mesmo com seriedade, deixando de lado todos os jogos agradáveis da insolência; ficarão com medo do ridículo e, por mais conscienciosas que sejam suas efusões íntimas, sempre haverá uma irresistível ironia que tomará livre curso. O covarde esconde a verdade na ambiguidade da insolência ou do gracejo: você me despreza, leitor, mas percebe que engordei meus vícios; cabe a você acomodá-los; nada o impede de tomar tudo isso por invenções de um exibicionista cândido e irrepreensível em seus atos, talvez até em seus pensamentos. Venhamos, portanto, às razões. Na verdade, há apenas uma e devo dizer que ela é extremamente cômica.

Presumo que a maioria de vocês já teve a lapela agarrada por um desses tagarelas que, ávidos de fazer ouvir o som de sua voz, buscam um companheiro, cuja única função consistirá em ouvi-los, sem que, para tanto, sejam obrigados a abrir a boca. E, ainda, não dá para saber ao certo se esse importuno exige que o ouçam; basta que se assuma um ar interessado, seja opinando de tempos em tempos com um sinal de cabeça ou com um leve murmúrio – que os romancistas chamam, com razão, de aprovador –, seja sustentando bravamente o olhar insistente desse pobre-diabo, apesar do extremo cansaço que tal tensão muscular causará. Examinemos de perto esse homem. Que ele sinta o desejo de falar e, no entanto, não tenha nada a dizer, e, mais ainda, que não possa satisfazer esse desejo sem a cumplicidade mais ou menos tácita de um companheiro que escolheu, se há nisso liberdade, por sua discrição e resistência – eis o que merece reflexão. Esse indivíduo não tem estritamente nada a dizer; todavia, diz mil coisas. Pouco lhe importa o assentimento ou a contradição de um interlocutor; todavia, não poderia ficar sem ele, ao qual, aliás, tem a sabedoria de pedir apenas uma atenção inteiramente formal. Tudo se passa como se tivesse sido acometido por uma afecção contra a qual não há remédio ou, para servir-me de uma comparação familiar, como se estivesse na mesma situação do aprendiz de feiticeiro: a máquina gira por si mesma, é impossível controlar seus movimentos desordenados. Bem, ouso dizer, sem levar em consideração a defecção instantânea e maciça de leitores a que me expõe esta confissão, que eu pertenço precisamente a essa espécie de tagarelas.

Mas, para aqueles que uma revelação tão desagradável não tenha feito tirar os olhos destas linhas, creio necessário remontar às longínquas origens do mal, ainda que me pareça de uma dificuldade quase intransponível descrevê-lo e torná-lo sensível a leitores se dele nunca padeceram.

E, de partida, o caráter bem sugestivo da atmosfera e dos lugares em que se desenrolaram as circunstâncias em meio às quais tive essa primeira crise que começarei a relatar, talvez justifique uma descrição minuciosa, que só um escritor preocupado em emocionar, acostumado com esse tipo de exercício e naturalmente dotado de talentos, que estou longe de pretender ter, poderia oferecer. Para mim, isso seria transgredir a promessa que fiz a mim mesmo de não recorrer a expedientes literários indignos o bastante para me repugnar. (Não se deve levar muito a sério esta última frase: se esses expedientes me repugnam, é porque não tenho como recorrer a eles.)

Foi, portanto, num entardecer de domingo, tomado por um tédio particularmente deprimente, que decidi, de forma abrupta, sair do quarto e dar um pulo na praia vizinha. Queria mergulhar, tomar uma golada de mar, sacudir a água salgada da cabeça e nadar sem parar, virar-me para boiar de costas e sentir a onda fria me erguer e afundar e o sol queimar o meu rosto. Mas, antes, subir e descer, atravessar o riacho, o vale de mata fechada; depois, chegar ao longo planalto e atravessá-lo com a vegetação alta que dificulta a caminhada, e, mais uma vez, subir, descer e atravessar, parando por vezes à sombra de uma árvore para respirar, e, de novo, subir, descer e atravessar, sempre nessa mata fechada de arbustos cheios de espinhos, em meio aos quais eu era obrigado a abrir passagem. Foi o que tive de fazer debaixo de um sol escaldante antes de chegar à falésia de calcário que dominava a praia. Depois de subir e descer as colinas e atravessar a mata fechada, sentia tanto calor que me deitei no alto da falésia e tive a alegria de encostar no tronco de um pinheiro isolado que me cobriu com sua sombra fresca e perfumada. Fiquei ali, sonhando por um bom tempo, do meu jeito, isto é, sem nenhuma coerência, como provavelmente fazem os cães quando os deixamos em paz e eles não querem caçar nem abanar o rabo, tampouco cochilar. E, para mim, como imagino que também para os cães, são momentos tão aprazíveis quanto raros. Tudo o que eu desejava então era não me mexer e esperar a noite cair. Olhando para o céu totalmente azul, com pouquíssimas nuvens brancas empurradas pelo vento, e sentindo ao longe o calor do sol na rocha branca, eu era feliz como quando deixamos para trás um monte de preocupações domésticas e enfim possuímos algo que amamos e nos faz sentir bem, inteiramente sós e estranhos a tudo o que se reveste de uma grande importância aos olhos dos homens. Sim, era isso o que eu mais sentia: estava longe dos homens, e as preocupações dos homens eram absolutamente desprovidas de sentido. Eu não teria me estendido tanto nesse estado eufórico em que me comprazia se não tivesse tido motivo para acreditar, uma hora depois, que foi ele o prólogo e, de algum modo, a fonte da primeira manifestação de meu mal em sua forma ativa. Deitado sob o pinheiro, observei o céu com atenção, absorvido numa contemplação animal, invadido por uma paz profunda e convencido de que tudo o que poderia me acontecer naquela tarde seria para melhor. Mas, quando percebi que o céu já não estava tão claro, que o ar já não estava tão quente e o rumor do mar parecia bem menos próximo, com a maré possivelmente no ponto mais baixo ao cair da tarde, minha serenidade deu lugar a uma estranha exaltação, que se traduziu por uma necessidade desvairada de proferir ali mesmo um discurso, sem me preocupar em nada com sua coerência e, menos ainda, com seu tema. Tomado por essa agitação, levantei-me de repente. Todavia, não fiz esse discurso; meus lábios permaneceram obstinadamente fechados, e eu continuei de pé, em silêncio, à espera de que essa sede oratória se apaziguasse sozinha. Mas, à medida que a espera se prolongava, meu desconforto aumentava ainda mais. Para que vocês entendam melhor esse desconforto, o ideal seria compará-lo ao de um homem que, incomodado com uma refeição exagerada, apela em vão ao meio mais rápido de se livrar dela. Na realidade, essa crise durou pouco e, assim que desapareceu, nem pensei mais nela. No mesmo instante, recuperei a calma, mas não (infelizmente!) a exaltação deliciosa que a havia precedido. De resto, dias depois, quando tive uma nova crise, muito a contragosto precisei resignar-me a sofrê-la sem ter a felicidade de experimentar previamente a exaltação que, bem ou mal, arrisquei-me a descrever antes e que, a princípio, eu imaginava ligada de modo indissolúvel, por uma relação causal, ao sofrimento que a acompanhara. Com amargura, pensei então que, se elas só tivessem sido reunidas de forma fortuita, uma teria compensado a outra em ampla medida. Para retornar à natureza dessa crise, é notável que ela tenha se manifestado por meio de uma estranha necessidade de discursar impossível de satisfazer, mas é que as palavras não vinham em meu auxílio. Em suma, eu tinha vontade de falar, mas nada tinha a dizer.

Sem dúvida, tenho por hábito considerar minhas fraquezas doenças insólitas, sobre as quais nenhum tratamento tem poder, e sou obrigado a seguir a evolução delas com uma curiosidade impotente, para que um tipo de indiferença desiludida não me pareça, em certa medida, a atitude mais razoável a tomar diante do fenômeno que aqui me ocupa. De fato, é quase ridícula essa obstinação em acreditar que padeço de um grande mal quando estou deprimido, quando um ciúme sombrio me devora, quando uma nova revelação de minha incapacidade me dá vontade de me enfiar debaixo da terra, ou quando a ambição me consome, ou ainda a vaidade, enfim, todas as fraquezas às quais costumo estar sujeito e para as quais, infelizmente, não disponho de nenhum remédio, pois sou tomado por uma total ausência de vontade e não conto, em nenhum momento, com a desenvoltura comum a muitos homens felizes, que de longe me parece a mais invejável das qualidades. Quando estou nesse marasmo, não tomo nenhuma iniciativa para sair dele; permaneço mergulhado até o pescoço. É verdade, como disse no início, que em diversas ocasiões zombaram de meu caráter taciturno, depois lamentaram. É que, mais uma vez, nessa incapacidade de abrir-me, eu estava inclinado a manifestar todos os sintomas de uma doença incurável. Bem mais significativo é o fato de que, diante da angústia revelada por minha fisionomia enquanto se esfalfavam para instigar minhas confidências, era impossível para meus amigos não se impressionar com a analogia existente entre o estado em que me viam e o de um doente atormentado por sua dor. Mas, nesse caso, se por um lado minha angústia provinha essencialmente de minha impossibilidade de saciar um desejo ardente, por outro, ela se distinguia da precedente pela própria natureza de suas causas. Diante desses amigos, o que estava em questão era eu me expressar; na falésia, importava apenas tagarelar a torto e a direito, sem nenhuma preocupação com lógica nem com coerência. Uma coisa era não poder comunicar e, portanto, renunciar ao prazer de uma amizade pura e sincera; outra coisa era sofrer de uma incapacidade aparentemente orgânica, cujo resultado mais evidente era impedir a manifestação de um vício talvez perigoso e, de todo modo, estéril, uma vez que eu não sentia que ele pudesse resultar da satisfação vital que buscamos ao fazer uma confidência. Mas, enfim, ambos os casos tinham ao menos uma coisa em comum: a angústia. E, no entanto, após seguidas provações, que não diferiam muito da que descrevi e sobre as quais creio que não valha a pena me estender, aconteceu de eu sofrer uma crise muito mais violenta, um tanto espetacular e muito significativa pelas analogias que apresentava com as que prejudicavam de maneira tão deplorável as relações que eu gostaria de ter tido com meus amigos.

Para me preservar dos sorrisos daqueles que, com base em minha própria confissão sobre a singularidade que gosto de ostentar, estariam inclinados a duvidar da veracidade desta narrativa, só me resta recorrer a uma sobriedade absoluta, abandonando, assim, com uma ponta de desgosto, o poder alucinante de certas imagens que tenho em mente e a busca de efeitos *desejáveis*, mas que, por sua reputação de instrumentos de fabulação, permanecem suspeitos aos olhos de alguns leitores exigentes em matéria de objetividade. Paciência se, para dar um salto melhor, é preciso recuar: procuro evitar a transposição, as condescendências, os retoques e ater-me a uma reprodução absolutamente rigorosa dos fatos. Diante de um gracejo a que meu pedantismo me expõe, não me desagradaria ser visto como um homem sério ou mesmo — se me permitem o excesso — de uma seriedade um pouco histriônica. Agora, convido os que queiram rir a fazê-lo abertamente; desejo que saibam que estou muito disposto a juntar-me a eles. Basta-me crer que alguém me honra com sua atenção. Quem? Não importa! Qualquer pessoa, nem que seja um leitor um pouco distraído pelo tédio.

Devo dizer que, até então, nem meus amigos nem meus parentes haviam se preocupado em saber de onde vinha minha expressão cansada, o semblante pálido, os gestos nervosos e incertos. Talvez não estivessem apreensivos com minha saúde e, nesse caso, tudo bem. Só Deus sabe a tortura que é sofrer de um mal que gostaríamos de manter em segredo e ouvir as pessoas fazerem observações sobre nossa aparência e perguntarem se estamos nos sentindo bem ou se estamos com algum problema, e aí saímos pela tangente, rindo do maldito resfriado que pegamos ou de qualquer outra coisa igualmente inofensiva, tendo de evitar fazer cara de quem pensa: "Então, está satisfeito? Já sabe o suficiente?". Mas, dos verdadeiros amigos que de fato se preocupam, mesmo que sejamos muito bons em inventar mentiras, é dificílimo esconder o que temos na realidade, pois jamais acreditarão até que o motivo alegado tenha relação com nosso aspecto ou nossa atitude e, em última análise, enquanto não for tão sério quanto o que tentamos dissimular, mas, nesse caso, teria nos custado bem menos dizer logo a verdade. A propósito, vocês têm amigos que se importam com o que lhes acontece? Pensando bem, se não os tiverem, melhor para vocês. Se me deixo levar por essa digressão, é sem razão, pois ninguém jamais me deu a entender que eu parecia estar sofrendo, até o dia em que, cedendo à atração irresistível que, de uns anos para cá, uma simples garrafa ou só um copo de álcool exercem sobre mim, cometi a imprudência de embebedar-me em público.

A fase crítica de minha crise se deu numa espécie de boate, onde fui parar com alguns amigos que, por já terem tomado umas boas doses, meteram na cabeça que tínhamos de nos divertir em algum lugar, apesar da grande resistência que opus a esse projeto, pois sempre detestei tudo o que se parecesse, de perto ou de longe, com esbórnia. No entanto, percebi que estavam tão à frente de mim em termos de bebedeira que já não tinham a menor capacidade de se dar conta do absurdo, e, diante da seriedade com que pretendiam dar uma passada num lugar ainda mais mal-afamado, que não ouso nomear aqui, compreendi que deveria esvaziar um bom número de copos até alcançar o nível de embriaguez coletiva e participar com entusiasmo de seus prazeres doentios. Eles zombavam de mim por eu só me meter na conversa para dizer aquelas frases de avó; preferiam meu perpétuo silêncio aos ridículos discursos de moral. Aliás, eu estava lúcido demais para dizer alguma coisa sensata. Engoli os sarcasmos sorrindo, mas fiquei chateado. Bastava olhar por um instante ao redor para compreender que era inútil e talvez perigoso insistir; por isso, decidi me fechar no mutismo ao qual me convidavam sem nenhuma delicadeza.

O cabaré no qual entramos, com o rosto enrubescido por um vento de inverno, cortante como lâmina de faca, os cabelos cobertos de neve e os sapatos úmidos, estava tomado pela multidão mais fervilhante de homens e mulheres, que dançavam ou riam, sentados diante de copos, que eu já tinha visto. Devo confessar que apreciava bastante as risadas espalhafatosas, o barulho dos sapatos no assoalho, as interpelações de natureza diversa e, na maioria das vezes, grosseiras que a desagradável música da orquestra mal conseguia abafar. A música cobria as paredes e a massa de consumidores que se divertiam, dançavam, brindavam num recinto relativamente exíguo onde era difícil acreditar que fosse possível introduzir um novo cliente: se não me senti imediatamente à vontade numa atmosfera tão confusa (não há como negar: é tão grande a expectativa de encontrar num estabelecimento como esse apenas uma categoria bem definida de indivíduos que a chegada de outros de uma categoria diferente, à qual meus amigos e eu visivelmente pertencíamos, parece insólita e mesmo chocante, até o momento em que, em virtude não sei de que mimetismo extraordinário, você percebe que respira nesse ambiente estranho com a mesma naturalidade, como se não houvesse nada mais habitual; pensando bem, é mais correto dizer que, tão logo passada a entrada, percebe-se, num lapso de tempo mais ou menos curto, uma corrente de hostilidade diante do intruso que você ainda é), ao menos tive motivos para crer que passaria despercebido, e divertia-me com a ideia de que seria impossível falar com os outros, por não esperar que me ouvissem. Era uma coisa boa. Eu ficaria à distância, indiferente às brincadeiras que fariam por eu jamais abrir a boca; era agradável pensar que poderia dedicar-me, com total tranquilidade, ao prazer de contemplar algo vivo sem ser solicitado a tomar parte; tudo o que eu queria naquele instante era ficar num canto, rodeado de fumaça, música e risadas, e, no entanto, solitário, observando ávida e lucidamente um espetáculo cheio de vida, do qual me agradava ser o único a não participar de maneira ativa. Quando eu era criança, sentia uma alegria singular e bastante enigmática ao circular, com indolência, entre os carrosséis de um parque de diversões, com as mãos no bolso, observando sucessivamente e com uma avidez incansável, como se eu mesmo participasse, as brincadeiras das crianças de minha idade, que gritavam com deliciosa ansiedade nos balanços – e eu morria de medo, no lugar delas, que os balanços virassem acidentalmente sobre o eixo em que estavam fixados – ou montadas em cavalos de madeira, com uma mão segurando uma vara estendida em direção a uma argola que era preciso desenganchar a tempo – e minha própria mão tremia no bolso, como se o esgotamento ou o temor do fracasso a tivesse incapacitado. Ao prazer ativo, que, na maioria das vezes, me parecia restritivo, ilusório, limitadíssimo ou ainda inacessível, eu preferia aquele, a meu ver, incomparavelmente mais emocionante, ao qual me lançava o espetáculo de um entusiasmo coletivo, expresso de diferentes maneiras pelos rostos nos quais eu fixava um olhar fascinado. Tratava-se de simpatia, no verdadeiro sentido da palavra. De uma simpatia que me fazia adentrar o prazer dos outros e me tornava capaz de senti-lo com uma intensidade ainda mais viva e persistente porque eu a compartilhava de maneira alternada com um grande número de crianças, e ainda mais profunda porque, ao escapar, de certo modo, ao atordoamento causado pelas solicitações externas, um pouco violentas demais, era-me permitido saboreá-la à distância, com toda a lucidez, e governá-la em vez de me submeter a ela. Ainda hoje, acho difícil não cair na tentação de aproveitar a primeira ocasião de assistir a uma manifestação popular para ter a oportunidade de observar nos rostos todos os sinais característicos da paixão. E pouco me importa, diga-se de passagem, saber se esta é alimentada por uma estúpida admiração ou por ressentimentos injustificados. Mas o temor de ser levado por uma onda transbordante de raiva ou de entusiasmo me impede, por vezes, de ceder a essa tentação, justo em virtude de minha capacidade de simpatia e apesar do sangue-frio que jurei conservar. Tamanha é a minha curiosidade que me enfurno numa sala de cinema com a esperança, na maioria das vezes frustrada, de contemplar em *close* um rosto que revele toda a sua expressividade.

Se tudo isso permite concluir que pertenço à categoria das tristes almas chamadas de *voyeurs*, o leitor é livre para indignar-se, mas quem lhe garante que não estou me deixando levar por minha imaginação? Provem-me que digo a verdade. O que dizem? Essa mentira não seria benéfica? E se minto pelo prazer de mentir e se prefiro escrever isto a aquilo, admitamos: uma mentira é melhor do que uma verdade, ou seja, exatamente o que passa pela minha cabeça? E se não peço nada além de ser julgado com base em um falso testemunho? Enfim, vocês supõem que eu sinta um prazer infinito em comprometer minha reputação? Mas sei o que vocês devem estar pensando: é fácil demais atenuar o deplorável efeito de uma confissão, dando a entender que ela pode ser posta em dúvida. Bom. Deixo-lhes a última palavra. Mas, para começar, tomei o cuidado de afastar todo equívoco, precisando que minha única preocupação era persuadir-me de que eu tinha um leitor. Um. E um leitor, insisto, quer dizer alguém que lê, não necessariamente que julga. De resto, não proíbo que me julguem, mas, se o leitor estiver morrendo de tédio, peço-lhe que não o deixe transparecer; eu gostaria de lhe informar, de uma vez por todas, que não dou a mínima para seus bocejos, seus suspiros, suas vociferações em voz baixa, o salto de seus sapatos batendo no assoalho. É culpa minha se tenho uma queda pelas pessoas educadas? E notem que não lhes peço que me leiam *de verdade*, mas que me mantenham na ilusão de que sou lido: percebem a nuance? — Quer dizer, então, que você fala para mentir? — Não, senhor, falo por falar, nada além disso. E o senhor? Por acaso faz outra coisa desde a manhã até a noite, e não apenas com seu gato? E será que um escritor escreve por outro motivo que não seja a vontade de escrever? Mas basta. Que o leitor me perdoe se não gosto que me azucrinem enquanto falo.

Embora tenha me parecido necessário conservar intacta toda a lucidez, a fim de manter o estado agradável em que me encontrava, eu conhecia minha fraqueza o suficiente para prever com certeza que nenhuma consideração desse tipo evitaria que eu cedesse à tentação absurda e imediata de esvaziar o copo que brilhava em minha frente; e creio até mesmo que foi a certeza de uma queda próxima que me fez seguir adiante. Tomei quatro doses, uma depois da outra, o que também foi muito agradável. A melhor justificativa para minha fraqueza parecia residir no fato de que minha sensibilidade, em vez de embaralhar-se, tornava-se cada vez mais clara e receptiva, e eu me sentia repleto de simpatia, uma simpatia formidável, por todas aquelas pessoas agitadas. Que tivessem razão de rir, dançar, beber, preparar-se com palavras e gestos para o amor! Que passatempo útil! Todo o segredo da vida consiste no espetáculo dessas pessoas cheias de esperança ou desespero, que se amam ou buscam o amor, nesse barulho de rajada, nesse odor quente e confinado, eu dizia a mim mesmo, erguendo o copo. Viver é sentir, e beber, dançar e rir é sentir; logo, beber, dançar e rir é viver, e, com esse agradável silogismo, eu esvaziava o copo. Era maravilhoso ver as pessoas dançarem bêbadas, e era maravilhoso estar eu mesmo um pouco bêbado. Mas o fato é que eu estava completamente bêbado. Sentado atrás de uma mesinha de zinco, num canto barulhento, eu ouvia as conversas ao redor e, através da fumaça azul dos cigarros, observava, um após o outro, os casais que desfilavam diante de mim, e tentava interceptar de passagem uma ponta de conversa, mas era desnecessário: a aparência e a fisionomia me diziam mais do que as palavras. Se o objeto da minha observação fosse uma mulher, eu me reservava apenas o direito de avaliar, com um só olhar, o charme de sua cintura, antes de passar para o rosto, que eu examinava com paixão e no qual em geral conseguia decifrar sem esforço os arrebatamentos de um ardor causado pela dança, pela atmosfera reinante ou pela esperança de uma conquista, e que me tomava de êxtase e vertigem, pois, assim como o reflexo fulgurante do sol numa superfície completamente branca afeta o olhar de maneira muito mais cruel do que a percepção direta do astro, creio que o espetáculo do prazer alheio deva seu poder contagioso e seu valor emotivo ao fato de que esse prazer, pelo brilho com que reveste a pele de um rosto, entra no domínio absolutamente convincente para nós da experiência sensível. Mas, nessa ocasião, quando meu olhar encontrou o de uma mulher belíssima que dançava de braço dado com um indivíduo de estatura ridiculamente baixa, com nariz curvo e cabelos ruivos, que se erguiam em duas ondas desiguais de cada lado de uma risca impecavelmente dividida ao meio pela aba de um casquete quase colado na nuca, logo tive a reconfortante sensação de que havia mais alguém naquele salão que, sob uma máscara impassível, nutria-se em segredo do prazer dos outros com uma avidez não menos febril e não menos metódica do que a minha. Se, de início, não consegui desgrudar os olhos dessa mulher, que, aliás, não pareceu incomodada com o interesse que, estimulado por minha embriaguez, eu lhe demonstrava com uma insistência talvez incorreta, é porque seus olhos, seu rosto e o conjunto de seus gestos contrastavam curiosamente com os das outras mulheres de risada provocante, que lançavam olhares sedutores por sobre os ombros do dançarino a alguns homens sentados ou exibiam negligentemente as coxas nuas, sem se cansarem de interpelar uns e outros com uma liberdade de linguagem autorizada apenas pela natureza especial do lugar e pelos gostos vulgares da clientela. Não me envergonho nem um pouco de reconhecer que, depois de tanta bebida, eu estava cada vez menos apto a diferenciar essa mulher de suas vizinhas e que, de todo modo, talvez nada houvesse nela que pudesse me fazer ingenuamente supor que ela desfrutava do mesmo prazer que eu; nada em seu belo rosto que revelasse um prazer mais refinado que o das outras. Mas eu me divertia em oferecer à sua discrição, que diferia de maneira tão notável da exuberância ambiente, uma interpretação que podia muito bem não ser a adequada. No entanto, essa impressão, muito provavelmente ilusória, de que meu prazer era em tudo semelhante àquele ao qual eu imaginava que ela se entregasse em segredo provinha não apenas dessa discrição insólita; havia também, pendurado nela, o homenzinho ruivo que erguia em direção a seu rosto quase inanimado olhos ardentes e, em meio a uma profusão de suspiros, não parava de manifestar sentimentos que ela não parecia, de modo algum, levar em consideração. Fosse porque ele não parava de falar e ela não abria a boca, fosse porque ele a encarava com insistência enquanto ela deixava o olhar vagar por cima dele com um interesse exclusivo, teria sido suficiente para desencorajar qualquer um que estivesse um pouco menos apaixonado – ela me parecia bem mais ocupada com o prazer dos outros do que com aquele ao qual era convidada, em vão, com tanto ardor e paciência.

Mas, afinal, por que dedicar tanto tempo a essa descrição? Dei muitas voltas para conseguir, enfim, escrever esta simples frase: eu queria dançar com ela. E como não confessar que, no fundo, as únicas razões desse desejo eram a seriedade de um rosto e, sobretudo, a atração física que exercia sobre mim um corpo admiravelmente bem-feito, e não, como me esforço sem nenhum motivo para fazer crer, o espanto maravilhado no qual eu submergia, levado pela analogia de nossas duas receitas de prazer, que parecia ter sido criada por minha imaginação de beberrão? De resto, mais tarde e de maneira equivocada, não teria eu substituído o desejo de ter essa mulher nos braços pelo enlevo que eu encontraria ao descobrir alguém naquele salão que se diferenciasse dos outros pelo modo como ela, da mesma forma que eu, sabia tirar do prazer o máximo de efeitos? Mas, afinal de contas, o que isso importa a vocês? Se a desejei fisicamente, se ela apenas excitou minha curiosidade por causa de sua aparência séria? Alguém faz questão de conhecer a fundo as razões que me fizeram levantar-me e convidá-la para a dança seguinte? Pergunto-me quando os homens terão tomado esse gosto surpreendente pela verdade com a qual não costumam saber o que fazer. Por que as confissões de um homem sincero, por que a leitura de um relato, cuja clareza e concisão constituem, segundo dizem, a melhor garantia da autenticidade dos fatos expostos, deixa-os boquiabertos? Graças a Deus, não estamos aqui para correr atrás de uma verdade que se esquiva sem cessar; tanto para nossa mente quanto para nossas mãos, seria um exercício irritante, por exemplo, esforçarem-se em tentar fazer passar uma linha grossa de algodão pelo buraco de uma agulha. No entanto, devo admitir e, de resto, não tenho nenhuma vontade de dissimular que nem meu interesse apaixonado por seu ar enigmático (do qual eu evitava tirar conclusões apressadas) nem a disposição um tanto particular e puramente circunstancial em que me encontrava bastariam para explicar meu desejo súbito de ter aquela mulher nos braços, ao menos pelo tempo de uma dança; mas, cabe dizer mais uma vez, eu só pensava que seria bom apertar aquele corpo contra o peito e ver aqueles olhos cinza se fixarem nos meus, e ouvir ao pé do ouvido o murmúrio de uma voz cujo timbre deveria ser muito envolvente. Quanto à sequência dos acontecimentos, eles não tiveram nenhuma importância, e acreditem: se analiso, se construo hipóteses, se protelo, é menos por escrúpulo de não desperdiçar nada do que me vem em desordem à mente do que pelo prazer de me entregar a um joguinho frívolo e inofensivo do qual não me vanglorio nem um pouco de ser mestre: o que consiste, em primeiro lugar, em manter o interlocutor na expectativa, depois, simulando um tique bastante deplorável, em desorientá-lo com o que poderia ter sido, talvez tenha sido, certamente não foi, teria sido bom se tivesse sido, teria sido lamentável se não tivesse sido, o que esqueceram de dizer e o que disseram que não foi, e assim por diante, até que, por fim, já sem paciência e exclamando: "Vá direto ao assunto!", asseguram, com essa furiosa advertência, que você não perdeu totalmente o seu tempo.

    Assim que a música parou, eu me levantei e, para grande surpresa de meus amigos, que, até então, haviam me esquecido, fui direto até a moça e a convidei para dançar. Ela não teve tempo de concordar, pois o ruivo interveio, declarando, em tom insolente e peremptório, que a dança seguinte *também* era com ele. Mas não dei atenção à reivindicação e, pegando a moça com firmeza pela cintura, arrastei-a até o meio do salão, onde começamos a dançar. Ele nos seguiu, abrindo passagem entre os dançarinos, nem um pouco disposto a largar o osso, e me intimou, em termos nada gentis, a lhe devolver o que não me pertencia. Perguntei com educação se ela era sua propriedade particular. Não? Nesse caso, aconselhei-o a cuidar da própria vida e ainda o adverti de que eu estava um pouco bêbado, não totalmente, mas o suficiente para perder o sangue-frio. Furioso, ele reclamou ainda mais, com os olhos ávidos e transtornados fixos na moça, cujo olhar indiferente se perdia em direção ao outro lado do salão, e com a voz rouca e enfurecida pelo enorme prejuízo que eu lhe causava. Mandei-o calar a boca e pedi que parasse com aquele dramalhão: ele deveria encarar a situação com mais serenidade; afinal, cada um tinha a sua vez. Não daria no mesmo dançar com aquela moça gorda e triste, no outro lado do salão, à espera de alguém que fizesse a caridade de convidá-la? Estas últimas palavras dobraram sua raiva. Pálido, com as mãos na cintura, era a imagem clara do amante ultrajado visivelmente preparado para nos separar com seus punhos, enquanto eu estava pronto para me defender dos primeiros golpes e devolver em dobro os que ele conseguisse desferir. Nesse momento, deixando de lado o ar distante, a moça encarou-o com um olhar sombrio, frio e altivo, e disparou em espanhol uma saraivada de palavras aparentemente muito ferinas, que pareceram atordoá-lo, e, pelo modo perturbado e submisso com que baixou os olhos, compreendi que já era um homem prestes a abandonar o combate. Ele permaneceu ali por um momento, sem saber o que fazer com as mãos, e seu rosto só refletia uma raiva apenas formal. Boquiaberto, contentou-se em nos observar, um de cada vez. Depois, para não ficar cercado por dois casais, recuou alguns passos e reaproximou-se quando fomos à beira da pista para balbuciar que, no fim das contas, ela estava livre para se exibir com o primeiro moleque que tinha aparecido. "Muito bem, obrigado", eu disse em tom sarcástico, "muito obrigado!". Ele deu de ombros, virou as costas e foi sentar-se a uma mesa na beira da pista, com a expressão combalida e ligeiramente confusa de um homem enjeitado. Pouco depois, pude constatar que ele ainda estava prostrado na cadeira, diante de uma garrafa já três quartos vazia, as mãos envolvendo, como uma coroa, o crânio flamejante sob o brilho de uma lâmpada, os olhos semicerrados por pálpebras reluzentes, o rosto atento e, ao mesmo tempo, deformado por uma raiva latente. Não posso afirmar que nos vigiava, mas sem dúvida estava de olho em nós. Ele não tinha deixado, por assim dizer, de nos espiar, talvez atormentado por uma vergonha atroz e nutrindo, por trás de uma fachada de tranquilidade, sentimentos cada vez mais hostis pelo rival que o frustrava em seu único prazer e o colocava numa situação humilhante em relação à mulher amada.

É claro que detesto esse tipo de altercação, mas a circunstância me deu algumas razões para eu ter recorrido a ela: a estranha fascinação que aquela mulher exercia sobre mim, a força absolutamente insólita do meu desejo, até o estado de semiembriaguez no qual me encontrava após ingerir oito doses de álcool; tudo isso acrescido da exaltação fora do comum que, durante todo o tempo em que a apertava contra mim, conseguiu me libertar da angústia na qual quase sempre me confina o sentimento de um isolamento irremediável.

Com a moça colada em mim e seu amante fora do caminho, restava apenas mergulhar em meu prazer como num mar de carícias. Prazer de tal modo impetuoso e perturbador que me fez esquecer meu desejo anterior de escutar sua voz. Olhos nos olhos, dançamos sem dizer uma palavra. Embora suas narinas estremecessem, seu olhar brilhasse com uma chama muito escura e eu sentisse seu corpo vibrar demoradamente sob minha mão, como sob o domínio de uma requintada tortura, eu via em seus lábios um sorriso ambíguo que me causava menos o efeito de uma traição do que o de uma inquieta cumplicidade, ainda mais evidente pelo silêncio que mantínhamos em meio à algazarra ambiente. Estaria ela na defensiva pelo que podia haver de suspeito ou ligeiramente dissonante em minha aparência, de titubeante em minha atitude, de desleixado em meus trajes, ou tentava avisar-me, com um leve sinal de ironia, que não se deixaria enganar nem um pouco pelas declarações que eu viesse a lhe fazer, pois poria grande parte delas na conta de minha embriaguez? Seja como for, tomado por uma maravilhosa vertigem que me impedia de pensar na possível disparidade de nossos sentimentos mútuos e que me dotava, ilusoriamente, de uma espécie de invulnerabilidade, eu não me preocupava em saber o que ela pensava de mim, e essa indiferença é digna de nota quando se sabe que nenhuma preocupação me inquieta mais do que a de descobrir, à custa de discernimento, perspicácia e astúcia, que imagem faz de mim a pessoa que amo ou, ao menos, estimo. Não sou desses que se mostram indiferentes à opinião de uma mulher bonita. O trabalho que consiste em organizar mentalmente, reagrupar ou juntar as diversas avaliações, colhidas ao vivo ou indiretamente transmitidas, de tal pessoa sobre mim, para em seguida recompor uma imagem verossímil o bastante, que, lisonjeira ou desfavorável, nunca corresponde à realidade permanente do que sou, reproduz-se a cada novo contato e constitui para mim a mais torturante das provações. A lucidez que emprego com naturalidade nessa atividade nunca me leva a trapacear, omitindo o que me poderia ser demasiado desagradável. Ainda que eu não consiga reduzir esse fator vantajoso a proporções mais justas, não me deixo enganar, pois tenho um desprezo inato por toda trapaça consigo mesmo. No entanto, minha agitação e meu embaraço só se intensificam. Por conseguinte, ao mesmo tempo que alimenta a falta de clareza, muitas vezes a deformidade de minha imagem (na qual, devo confessar, meu pessimismo natural imprimiu discretamente sua marca) me inflige uma decepção que ratifica a seguinte ideia: como a única parte de mim que considero de fato importante sempre permanece oculta aos olhos dos seres que mais estimo, enquanto tudo o que posso mostrar de diferente não tem importância, nunca serei compreendido, e *compreendido* se confunde para mim com *amado*. Essa é uma constatação cruel, da qual às vezes rio pelo que ela tem de evidentemente pueril. Mas, naquele dia, eu estava de fato bem diferente de mim mesmo. Inteiramente absorvido por esse prazer inebriante, do qual, aliás, contra toda expectativa, eu começava a perder o controle, não me ocorreu interpretar nem examinar aquele sorriso, tampouco tentar extrair dele, excluindo todo o resto, o que pudesse servir para a fabricação posterior de uma imagem mais ou menos adequada à realidade, e era bem melhor assim. Noutras circunstâncias, a importância excessiva que eu daria à imagem que fizessem de mim e o incômodo que ela me causaria seriam tão grandes que não sobraria nenhuma oportunidade de livrar-me por um momento do que me devorasse por dentro, reduzindo bastante meu prazer, se não o envenenando por completo. Ora, bastava sentir essa mulher perto de mim para que tudo se tornasse simples e claro; nenhuma ansiedade, nenhuma desconfiança, nenhum pressentimento lúgubre de um fracasso provável. Com ela, eu estava no âmago de uma beatitude perfeita, que deve ser a experimentada por certo tipo de louco no auge de sua crise; em todo caso, considero-a quase inexprimível. Olhava aquele rosto e nunca tinha visto nada de tão esplêndido, de tão ardente e, ao mesmo tempo, frio (penso que algumas dessas contradições externas, muito surpreendentes naquela mulher, residiam em grande parte na influência que ela exercia sobre mim), tão próximo de mim – a ponto de eu identificar minha alegria com a que ela parecia exprimir – e, no entanto, ainda distante o suficiente para me impor respeito e suscitar uma curiosidade à qual se misturava um desejo que se tornava ainda mais ardente pelo fato de seu objeto se revestir de uma aparência de inacessibilidade.

Quando a música parou de novo, perguntei se poderia oferecer-lhe uma bebida. Ela aceitou sorrindo, mas, assim que nos sentamos, seu amigo se aproximou e a convidou para dançar. Ela fez um gesto negativo com a cabeça, sem olhar para ele, que explodiu em imprecações, depois apresentou seus argumentos em espanhol, com um rompante desesperado. Ela não prestou nenhuma atenção e permaneceu em silêncio, sempre com o mesmo sorriso mordaz nos lábios. Vendo que era inútil tentar dobrá-la e furioso por sentir-se roubado, ele se virou para o meu lado e caminhou em minha direção, balançando os punhos e de cara feia. Por instinto, recuei, deslizando minha cadeira no assoalho e pondo-me em guarda um pouco antes da hora, com uma falta de jeito provavelmente cômica. Mas, talvez temendo que ele me maltratasse, a moça se intrometeu, pedindo-lhe com uma voz tranquila, lenta e firme que voltasse à sua mesa, onde ela o encontraria pouco depois. Pelo menos foi o que entendi. A princípio, essa ordem só produziu nele uma estranha gesticulação muda, acompanhada de ruídos sufocados. Sua boca entreaberta tinha lábios espessos, que pareciam inchados; os olhos vermelhos, brilhando de ressentimento e raiva, tentavam sondar profundamente os calmos olhos pretos da moça, que observava o rosto amargo e desconcertado de sua vítima com uma expressão de curiosidade para saber qual o efeito de seu poder, mas sem conseguir reprimir uma espécie de impaciência, revelada pelo nervoso tamborilar dos dedos na beirada da mesa. Quanto a mim, permaneci sentado, em silêncio, contemplando esse espetáculo atroz com uma notável inconsciência da humilhação que a situação representava para mim, pois eu supunha, com uma leviandade que hoje me parece assombrosa, que meu adversário tivesse sido destituído por um procedimento feminino extremamente desleal, sem contar o ódio que não poderia deixar de me devotar, e cujas consequências eu não tardaria a sofrer. O fato é que eu não podia deixar de aproveitar intensamente a dupla cena que me ofereciam, de um lado, o rosto doloroso e perplexo do homem acuado, que, furioso em seu íntimo pela incapacidade a que era relegado por sua paixão devoradora, não conseguia esconder por completo uma espécie de raiva fria (e pouco me importava que me fosse destinada), e, de outro lado, o sorriso misterioso, os olhos desconcertantes, a postura dominadora e altiva daquela mulher, que sabia manter à distância o amante tímido, quando desejava ser cortejada por outros. Eu me tomava erroneamente por um espectador quando, na verdade, não restava nenhuma dúvida de que era um dos atores, o menos interessante dos três, em razão da atitude covarde e passiva a que me limitava. No entanto, por mais que eu aspire à sinceridade, não quero, para colocá-la em destaque, ceder a uma parcialidade que traria consequências à minha reputação. Creio, portanto, poder afirmar que não me deleitava nessa inércia por insensibilidade, fanfarrice, ceticismo, nem mesmo por medo de atrair para mim a cólera ameaçadora. Na realidade, nada era mais autêntico que o sentimento de calma, descontração e euforia ao qual eu me abandonava e que era temperado apenas por uma curiosidade, em última análise, bastante legítima. Além disso, por mais medíocre que me pareça hoje essa desculpa (mas aos olhos de quem me parece tão importante justificar-me? Vocês já devem ter notado a frase *por mais que eu aspire ardentemente à sinceridade*), creio ser justo acrescentar que eu estava num estado de hipersensibilidade devido a um excesso de bebida que explica, em parte, a estranheza de minha conduta. Acho que não me dava conta disso plenamente. Fazia o meu melhor para parecer totalmente confortável e, de verdade, não teria jamais suportado ver esse sujeito sofrer diante de mim, e por minha causa, se pouco antes não tivesse tomado várias doses de brandy com soda. Achava interessantíssimo o que eu tinha diante dos olhos. Por que o ruivo continuava de pé com cara de criança a ponto de chorar? Por que continuava engolindo toda aquela situação? Em seu lugar, eu teria quebrado a cara do intrometido de uma figa que eu era, mas eu esquecia que esse intrometido de uma figa era, justamente, eu. Sentia-me muito distante do que contemplava com uma curiosidade ávida e completamente irresponsável, tão irresponsável quanto pode ser um espectador honesto, numa plateia de teatro, diante da sangrenta tragédia encenada poucos passos à sua frente. Tudo o que eu queria naquele momento era saborear em minha poltrona, com toda a tranquilidade, o lado passional, cruel e ébrio da situação. Claro, estava fora de questão intervir.

Mas, embalado por minha agradável euforia, não imaginava que me tornaria o ator principal, eu diria o único, da cena seguinte, que mais acima comecei a descrever para vocês com a aridez e o rigor das observações médicas, supondo que não me deixe levar pela emoção que poderia causar-me a lembrança de uma emoção antiga. (Abro, aqui, um parêntese para precisar que foi uma decisão deliberada ter me prolongado menos nos fatos, ao fim e ao cabo episódicos, que a precederam, e mais nos estados sucessivos pelos quais tive de passar por ocasião desses mesmos fatos. Dedicando-me a isso com aplicação minuciosa, propus-me apenas a ajudar a tornar compreensível o que virá em seguida. Desejo acrescentar que não me agrada a reconstituição de lembranças. Nem vocês nem eu merecemos ser levados a sério, tampouco ao pé da letra. Vocês não acham isto inconveniente: beijei fulana de tal, eu estava feliz, ela me enganou, fiquei triste, um sujeito me ameaçou, tive medo, e assim por diante? Vou lhes dizer uma coisa: isso é simplesmente infame e maçante. Sei muito bem, temos uma língua, inventamos a pena para escrever, e ambas só pedem que sejam úteis. Mas por que diabos precisamos de uma língua e de uma pena? E, em todo caso, de onde vem essa necessidade perversa de pôr a primeira para funcionar irrefletidamente diante de espectadores boquiabertos ou de olhos fechados, e de fazer a segunda ranger, em geral com o intuito de remediar a insuficiência de nossa vida? Quem, entre nós, ainda tem o pudor de se entregar a esse exercício exaustivo a sós, diante de si mesmo? Os maníacos, os solteirões e os loucos. E notem que eu mesmo não nego ter solicitado uma audiência, restrita, restritíssima, é verdade. Mas, enfim, uma audiência. Pois bem, que seja: vamos falar e escrever, sem hesitar, já que não conseguiríamos escapar do mal comum.)

O ruivinho, cujo rosto tinha adquirido uma palidez amarelada, hesitou por um tempo quanto à decisão que deveria tomar. Aguardava em pé, com as mãos na cintura, pronto a se lançar ao ataque, com certo ar de prazer, como se tivesse saboreado, a um só tempo, o tratamento imposto pela moça, às ordens da qual, estava claro, se submeteria com delícia, e a própria raiva, que atestava publicamente seu amor. Senti meu sangue congelar quando vi seus joelhos tremendo debaixo da calça cinza-clara que flutuava ampla sobre seus pés. Até então, eu tinha evitado olhá-lo de frente, mas, nesse momento, para enganar o medo, tentei encará-lo com frieza, com um olhar tranquilo, e assumi uma postura desenvolta, enquanto mordia a língua com força para impedir que os lábios tremessem. Assim, foi com um alívio inenarrável que, de repente, o vi dar meia-volta e, com a cabeça encolhida entre os ombros magros e caídos, voltar tropeçando à sua mesinha, num canto do salão, de onde poderia nos vigiar de rabo de olho.

Encerrado o incidente, eu estava só, diante daquela mulher, e o silêncio se abateu entre nós. Enquanto dançávamos, eu já tinha imaginado vagamente a dificuldade que, cedo ou tarde, teria para entretê-la em sua língua, mas estava tranquilo, pois sabia que uma troca de palavras banais poderia atrapalhar nossa exaltação, e fiquei feliz com o mutismo ao qual eu era forçado, menos por minha incapacidade habitual de dizer a um interlocutor ainda desconhecido alguma coisa que pudesse ser o suporte de uma conversa, do que por meu desconhecimento do espanhol, provavelmente idêntico ao que ela tinha de minha língua. Para dizer a verdade, no estado de embriaguez avançadíssimo em que me encontrava, eu sentia apenas um incômodo passageiro e já me surpreendia por confiar-lhe mentalmente coisas sobre mim mesmo que, em situações normais, eu nunca pensaria em revelar nem mesmo ao amigo mais íntimo, ainda mais a uma pessoa que, por assim dizer, eu não conhecia. No entanto, como sentia por ela um forte desejo e estava tentando cortejá-la, por falta de assunto comecei a falar de mim mesmo.

Nesse ponto de minha narrativa, percebo toda a dificuldade que existe em retraçar um acontecimento particularmente obscuro e confuso de minha vida, cuja incoerência, se eu quiser ser verídico, deveria a um só tempo respeitar e manter em suas proporções, esforçando-me para evitar conferir a ele, com um propósito tendencioso, um sentido que não teve ou tratá-lo com um sangue-frio exagerado, que o livraria, *a posteriori*, da carga emotiva de que estava revestido. O ângulo insólito sob o qual se apresentam os fatos que começo a contar justificaria um modo de narração que, no entanto, insisto em considerar pouco honesto: alguma névoa; uma incoerência estudada, encantadora pela impressão que daria de uma ordem invertida; uma espécie de magia, obtida por meio de combinações testadas que surgem na hora certa, e pouco importaria saber quais, desde que o efeito de verossimilhança fosse alcançado; a profusão complicada de todos os artifícios que impõem à mente do leitor como que a ideia de um momento, ao mesmo tempo, essencial e intensíssimo, e que o alcançariam com violência suficiente para tornar inútil toda explicação numa linguagem lógica e discursiva; em resumo, muito mais arte e muito menos honestidade. Só que não é bem assim! Eu disse no início que proibia a mim mesmo o uso de tais procedimentos, talvez eficazes em razão de uma espécie de miragem enganadora na qual ocultam os fatos aos quais eles restituem o que estes poderiam ter de impreciso e caótico em sua origem. Contudo – e, nesse ponto, chamo a atenção do leitor –, eles os deformam de tal maneira que já não poderíamos pensar em dar-lhes uma interpretação conclusiva, e isso significaria, claro, afastar-me de meu assunto, que é, ao mesmo tempo, mais elevado e mais modesto. Mais elevado porque desprezo aqueles que, com o pretexto de excitar a sensibilidade, chafurdam na confusão e na arbitrariedade como patos na lagoa, e se observo, não sem amargura, que a mentira é tolerada, ou, mais ainda, aprovada e louvada, pretendo ser rigoroso com tudo o que não for absolutamente puro e claro, ao menos hoje, no momento em que se encontra minha imaginação, pois não faço dela uma regra de higiene nem um dever. Mais modesto, porque existe uma arte da mentira à qual os mais mentirosos não podem aspirar. O efeito teatral não é meu forte, melhor me concentrar em descrever com fidelidade, como proponho a fazer aqui, as fases sucessivas de minha crise, com a única preocupação de apresentar em seus grandes traços o que sua evolução me revelou. Azar de quem achar isso pouco agradável.

Mas, antes de tudo, parece-me necessário dar a vocês uma ideia resumida do cenário, das intenções das pessoas em relação a mim, de todos os elementos secundários que, de algum modo, puderam contribuir para o nascimento de uma crise que se distingue das precedentes não apenas por sua duração, sua intensidade e sua plenitude, mas também pelo modo imprevisto com que se transformou numa aflição tão vertiginosa quanto havia sido inicialmente o prazer que há pouco eu me esforçava para definir. Mais tarde, sob o efeito de um choque físico violentíssimo, essa aflição seria substituída por um voluptuoso torpor, que poderia representar, se assim quisermos, o fim da curva.

O cenário era, mais ou menos, o de todos os bares à beira-mar onde se pode entrar, desde que não se tenha uma aparência nem muito idiota, nem muito rica, nem muito intimidada, nem muito fanfarrona; onde há belas moças que dançam com os clientes e outras menos belas que nos observam de soslaio e, por vezes, servem bebidas feitas para nos alegrar e mostrar à patroa que, pela pilha de pires amontoados diante de nós, estamos ali não apenas para ficar sentados sem fazer nada. Um bar onde há, por exemplo, uma orquestra modestamente composta de três músicos digníssimos, mas um tantinho bêbados, cada um com um instrumento diferente: o primeiro, com um saxofone, o segundo, com um acordeão, e o terceiro, com um piano vertical, que ele toca nas horas livres, quando está cansado de contemplar por cima de sua partitura o rosto e as pernas das mulheres que lhe agradam. Um bar onde, em dado momento, sempre aparece um bando de marinheiros meio embriagados que, de repente, monopolizam a atenção de todo mundo com suas conversas e gestos exagerados, e acontece de um deles, particularmente forte e exaltado, cismar com um galanteador que não quer largar uma moça bonita e reclama com voz furiosa ou chorosa, conforme o nível de sua embriaguez, até receber um belo corretivo e ser posto no olho da rua – com a aprovação temerosa dos proprietários –, não sem antes ter sido destituído de sua carteira. E, quando saímos de lá, pode também acontecer de os bolsos se encontrarem vazios, mas, em geral, só na tarde do dia seguinte, quando acordamos com uma coroa de ferro na cabeça e a consciência mais clara, percebemos que, no fim das contas, a noitada, que nesse momento nos recusamos a chamar de diversão, não foi absolutamente em vão. Se não renuncio por completo a evocar essa atmosfera, apesar do romantismo um pouco fácil que ela inevitavelmente propicia, e embora eu sempre esteja atento a superar qualquer preocupação com o pitoresco, é porque considero que ela desempenhou um papel, e eu não poderia, sem parecer arbitrário, deixar de mencioná-la.

As intenções das pessoas em relação a mim mudaram sensivelmente desde a intervenção do ruivinho. Não que ela tivesse chamado mais atenção do que as presenciadas todos os dias naquele lugar; ela não teve sequência nem se revestiu, em nenhum momento, do caráter de violência habitual a esse gênero de discussão, mas foi justamente isso que a tornou mais impressionante aos olhos dos clientes que, conhecendo de longa data o temperamento agressivo do homem, sempre pronto a fazer uso de seus punhos quando se julgava ofendido pelo assédio de um indivíduo à sua namorada, ficaram muito surpresos ao vê-lo desistir diante de um desconhecido da pior aparência, cuja combatividade, a julgar pela ausência completa de reação, parecia ser das mais medíocres. Mas talvez também pensassem que meu rival – por achar que, por trás de uma aparência calma e despreocupada, eu escondesse um mundo de ardis desconhecidos – tenha ficado tão impressionado que julgou prudente bater em retirada; ao menos, era o que me agradava imaginar e, para ter certeza, dei uma olhada pelo salão: a maior parte dos dançarinos o observava com curiosidade. Os homens, abertamente, e as mulheres, de modo furtivo, e a harmonia com a qual dois elementos de um mesmo casal dirigiam o olhar para mim enquanto conversavam reforçava minha ideia de que era eu o objeto da conversa e, claro, eu não duvidava que ela me fosse favorável. De todo modo, uma coisa era certa: se ao entrar na boate eu não passava de um personagem obscuro e insignificante, nesse momento eu gozava de alguma consideração das pessoas que só costumam respeitar e admirar os mais poderosos do que elas, e dessa constatação eu extraía um sentimento de orgulho desmesurado, que talvez não fosse alheio ao fato de que minha crise, ao contrário das anteriores, assumia um caráter de ostentação ainda mais surpreendente, pois sempre julguei insuportável o exibicionismo dos outros. Mas, na companhia de outras pessoas, quando não me preocupo em passar despercebido nem em ver sem ser visto, quase sempre acontece de eu querer encenar um papel. Na maioria das vezes, eu gostaria que acreditassem que sou dessa espécie de homens da qual ninguém consegue prever o que sairá (reações, obras, atitudes diante de uma situação etc.), de modo que cada nova relação com ele implica uma mudança total de perspectiva. Como minha admiração se destina aos seres cuja classificação devo incessantemente adiar, é natural que eu deseje tomá-los como modelo. Em meio a um grupo e, melhor ainda, se ele for composto de algumas mulheres, sinto uma alegria lancinante ao encenar meu papel, não com intuito premeditado de hipocrisia, mas pela necessidade instintiva de parecer importante e cobrir-me de uma sombra lisonjeira; aliás, nesses casos, o que me inebria é menos o perfume de malícia nascido dessa comédia do que uma estranha sensação de libertação: depois de uma longa privação, tenho a impressão de que as circunstâncias enfim me permitem retomar a posse do que me é devido e encarnar meu próprio papel. Por isso, apesar da lembrança horrível que guardo da vida no colégio e no regimento, volto-me por vezes a ela com um sentimento de nostalgia análogo ao de uma velha atriz que evoca o imenso teatro vindo abaixo com tantos aplausos, onde ela alcançou seus maiores sucessos.

Quanto a meus amigos, eles não acreditavam no que viam. Minha discussão com o homenzinho e a beleza evidente de minha companheira alteravam por alguns instantes a ideia que tinham feito de mim. Não era de forma alguma o rapaz insignificante que haviam arrastado para lá como um fardo. Pensando bem, eu me comportava com as mulheres como eles teriam gostado de fazê-lo. De certo modo, eu representava para eles o homem ideal, audacioso, desdenhoso, agressivo e sarcástico, se necessário; que bebia um pouco demais, como deveriam fazer todos os homens de verdade; imperturbável diante do perigo; ousado com as mulheres e que sabia agradar-lhes de imediato, mas, sobretudo, dotado de uma autoconfiança magnífica. Quero dizer que era essa a ideia que eu pensava que fizessem de mim. Eu me colocava com orgulho no pedestal de um grande sedutor. Sem dúvida, minha atitude naquele momento me consagrava como homem, era a revanche dos meus fracassos passados, e, com um último vestígio de puerilidade, eu não estava longe de atribuir a ela um sentido de revelação (a mim mesmo e aos outros), de caráter bem genérico, o que me fazia passar imperceptivelmente do prazer íntimo de impressionar ao desejo vaidoso de me exibir em público, como um ator que, inebriado pelo sucesso, amplifica seus efeitos por não saber renová-los e, assim, aos poucos desvenda a própria grosseria. Procurando bem, talvez eu descobrisse outros fatores mais acessórios ou mesmo duvidosos, mas que, em sua maioria, puderam contribuir, de forma secundária, para desencadear essa crise, cujo processo posso apenas, contra minha vontade, esboçar. Mas pesquisas como essas me levariam longe demais; e, confesso, ao me concentrar nas causas, que eu ficaria com medo de que meu leitor não me seguisse até os efeitos. Sim, devo reconhecer que já não tenho tanta certeza de que me ouvem. Perdi a confiança. Talvez esteja na hora, mais do que na hora, de deixar a conversa fiada de lado, da qual eu mesmo não gosto, e renunciar, de uma vez por todas, a essas grandes manobras em torno de um assunto, quando é o próprio assunto que me interessa. Portanto, vou avançar um pouco mais. Volte para mim, leitor, volte. Terminei com as causas e passo, sem mais, à descrição do fenômeno propriamente dito.

O ponto comum entre as duas crises, a primeira que descrevi e esta, limita-se estritamente à sensação de euforia que precedeu a ambas. A partir do momento em que se declaram, toda analogia cessa. É importante constatar que, para que se desencadeiem e consigam manifestar-se com excepcional eficiência, é preciso que descubram em mim um terreno de propícia receptividade e, por conseguinte, que eu seja mantido, por alguma determinação de minha própria vida, em meio a disposições emocionais particulares. Vimos que, no primeiro caso, tratava-se de uma estranha sensação de bem-estar, talvez devida ao isolamento do lugar, ao rumor fresco das ondas, à pureza do céu, às delícias da sombra, em oposição à percepção que eu tinha das rochas calcárias que brilhavam sob o fogo inexorável do sol e, desse modo, podiam ser apreciadas como um oásis no meio do deserto, sem esquecer o contraste não menos intenso entre o perfume de tédio que emanava de uma tarde em meu quarto e o que pouco depois respirei por todos os poros na beira da praia. No segundo caso, que agora nos ocupa, embora meu estado fosse bem mais intenso, conservava características próprias: o mesmo otimismo, o mesmo prazer ardente e passivo, o mesmo desprendimento que não excluía um forte sentimento de simpatia em relação aos que me rodeavam: consideradas isoladamente, as causas tinham mudado. Não quero ignorar a importância que talvez tenha tido a absorção de uma quantidade apreciável de álcool. Pode ser que alguns atribuam a ele, não sem ironia, um papel predominante, mas isso não vai me impedir de estimar a visão de uma mulher tão maravilhosa como a única responsável por motivar o prazer fulgurante que eu sentia, do mesmo modo que, por sua vez, esse prazer era a única coisa capaz de preparar o excelente terreno onde deveria eclodir a mais forte crise que sofri na vida. Como me fazer compreender? Não era possível prolongar a mudez diante de um olhar como aquele; convencido de que o que havia de essencial a ser dito não poderia ser confiado a mais ninguém e de que, se continuássemos em silêncio, não haveria retorno, era lógico que eu estivesse desejoso de aproveitar uma ocasião única como aquela. Do mesmo modo, é lógico que, agora, eu me sinta tentado não apenas a atribuir um papel importante à atração mágica que aquela mulher exerce sobre mim, mas também a exprimir alguma dúvida quanto à importância do papel, para mim pouco determinante e bastante fortuito, de minha bebedeira ou da atmosfera barulhenta e agitadíssima do lugar, ou ainda de qualquer outro fator semelhante aos que descrevi.

Assim como no início das crises precedentes, minha exaltação cedeu lugar a um desejo ardente de falar, mas, o que é surpreendente, a substituição ocorreu de forma tão natural e insidiosa que, dessa vez, não me veio à cabeça a ideia de que eu estava diante de uma nova manifestação de meu mal. Isso porque, pela primeira vez, meu desejo encontrava prontamente o modo de ser satisfeito: eu já falava quando me dei conta disso. De certa maneira, a mutação se produziu sem o acordo prévio de minha vontade, o que equivale a dizer que nem tive de passar pelas tentativas angustiantes e sempre infrutíferas de libertar o que me oprimia de modo confuso e que, até então, haviam deixado sua terrível marca, bastando a menor evocação de minhas crises anteriores. Veremos, no entanto, que eu encontraria mais tarde outro inferno.

Por uma singular inconsequência que, aliás, só reforça o aspecto claramente ostensivo de minha crise, comecei a falar no momento exato em que a orquestra parou de tocar, quando as conversas, até então animadíssimas, de repente se abrandaram. Eu falava, e a sensação era magnífica. Parecia que, ao exibir o que eu ousava confiar apenas a mim mesmo, eu me aliviava de um fardo pesadíssimo e por fim havia descoberto um método para me livrar de alguns constrangimentos em geral considerados necessários ao bem público, um método adequado a restituir-me uma leveza que eu havia procurado até aqui sem sucesso. Eu me sentia livre das agitações nocivas que guardamos cuidadosamente ao abrigo dos olhares, num mundo fechado e protegido. As lutas, as febres e a desordem haviam acabado. Eu ganhava, enfim, um dia sabático. Reinava em mim uma serenidade cada vez maior, que já não era fruto da inércia, mas de não sei quantos esforços anteriores, cuja recompensa eu obtinha agora. Eu tinha renunciado ao jugo de homem condenado à reclusão perpétua e me esvaziava devagar. O prazer era tão impressionante quanto a mais bem-sucedida das volúpias eróticas. Que não me acusem de ser deliberadamente impreciso quando se trata de expor a natureza de minhas confissões, mas não me parece o caso de passá-las em revista. Se estiverem muito interessados em conhecê-las, aviso que terão uma grande decepção, pois, por mais que desagrade às pessoas impulsivas, sempre prontas para acreditar que um autobiógrafo é dotado de uma memória infalível e que é legítimo esperar dele um relato exato de suas ações, se de fato prometi estudar conscienciosamente e sem rodeios todo o mecanismo complexo de minhas crises, não tenho a ambição de relatar tudo, incluindo o que nunca soube. Não posso fazer nada se o mais importante me escapa – quero dizer, que tenha me escapado quando parecia que eu poderia capturá-lo com facilidade. Eu já disse que nada me fará desvirtuar os fatos. Quando me faltarem alguns deles para a compreensão do conjunto, saberei renunciar ao benefício que me valeria uma impressão mais forte que alguns eventos inteiramente inventados causariam ao espírito do leitor; não substituirei os vazios do esquecimento por mentiras mais verossímeis. Paciência se isso contrariar os curiosos e os meticulosos. Prefiro expor-me à acusação injustificada de não mencionar confidências que me comprometeriam – e que um raio caia na minha cabeça se existir alguém que tenha a ingenuidade de acreditar, a esta altura, que ainda estou evitando me comprometer. Pouco importa que uma omissão ou um verdadeiro esquecimento lancem uma sombra sobre o que, em sua totalidade, não é suspeito. Mas entendo que me perguntem como pude esquecer o que é justo o mais significativo ou, em todo caso, o mais curioso. Nada tenho a responder a esse respeito. E, contudo, talvez seja possível dar uma explicação na medida certa para satisfazer pessoas de boa-fé. Por mais incômoda e inverossímil que possa ser para alguns essa constatação, esqueci completamente quais foram minhas confidências pela simples razão de que, enquanto as pronunciava, *não prestava atenção a elas*. Explico-me. O essencial, para mim, era tagarelar, e pouco importava a natureza da tagarelice. Totalmente aliviado, eu não me preocupava com as coisas absurdas que dizia. Delas eu vislumbrava apenas os reflexos no rosto de meus ouvintes, alternadamente iluminados por uma curiosidade ardente, exibindo caretas de desgosto, depois pálidos de indignação, como o semblante de jurados obrigados a ouvir de um acusado comunicativo demais para alguém que deveria ser subjugado pelo próprio remorso, mas perfeitamente senhor de si, a exposição fria dos crimes odiosos que o levaram a se expor diante deles. Noutros termos, mesmo que eu deva pensar que este não é lugar de contar a desconhecidos detalhes íntimos que só foram revelados em público graças a um ataque doentio, mesmo que uma vergonha legítima me impeça de renovar aqui as confidências que para sempre me arrependo de ter sido levado a fazer, eu seria completamente incapaz de saciar a curiosidade de meus leitores e, já disse, estou firme da decisão de não me dobrar e resistir diante da incredulidade desses mesmos leitores desconfiados e decepcionados: eles não me farão acrescentar nada, absolutamente nada de minha lavra.

A mulher continuava sentada, em silêncio. Com as sobrancelhas franzidas, os cotovelos na mesa e as têmporas apertadas entre os punhos infantis, observava-me perorar. Não tirava os olhos de mim, mesmo quando pegava bruscamente o copo que levava aos lábios com avidez, como se, escandalizada e ao mesmo tempo fascinada com as palavras que eu, como num desafio, piorava ainda mais, buscasse no álcool a força para suportar seu tom. Não a vi desviar o rosto nem uma vez sequer; ela observava meus lábios, com a cabeça inclinada para a frente, apoiada no punho direito, do qual escapava a fumaça azul do cigarro que ela segurava com delicadeza entre o polegar e o indicador. Estava imóvel, congelada numa inércia estranha, numa imobilidade que mais parecia uma tensão extenuante. Creio que não falei por tanto tempo quanto me pareceu: o tempo não existia mais, ou, para ser mais preciso, eu estava fora do tempo, pois, com pressa de aliviar-me por inteiro antes que me fizessem calar, acelerava o ritmo enquanto dobrava o cinismo com uma precipitação irrefletida que me subtraía ao tempo, e enfrentava sem temor nem vergonha o vento de cólera que sentia levantar-se em meio ao grupo de clientes que havia afluído em formação cerrada em nossa direção. Quero dizer que o mundo das preocupações humanas subitamente estava suspenso, de algum modo adormecido e obrigado a um maravilhoso armistício. O tempo estava aniquilado, e as ligações com as coisas externas, abolidas.

Entretanto, o prazer que eu sentia em exibir-me publicamente foi substituído, pouco a pouco, pelo pavor causado pela súbita expressão patética da mulher e pelos ruídos surdos, seguidos de pequenos assobios cada vez mais desaprovadores dos clientes que se agitavam atrás dela, discutindo entre si, em voz baixa, e por vezes esticando em minha direção um dedo acusador. Senti um cheiro de desastre no ar; as coisas não iam tão bem quanto me parecia alguns instantes antes, porém, como eu disse, em vez de me paralisar, esse clima pesado de drama que já banhava toda a sala levava-me, ao contrário, a desafiar meu auditório, sublinhando com um traço ainda mais sórdido as confidências a essa altura bastante escandalosas. Também já disse que não abria mão do prazer extravagante, mas muito procurado por alguns homens ciosos do efeito que produzem, de chamar atenção de todas as formas possíveis e, com frequência, as menos respeitosas, e, à medida que a curiosidade diminuía, de excitá-la de novo, indo um pouco mais longe, depois bem mais longe do que o pudor mais elementar, aliás puramente teórico, permite. Acredito que posso afirmar, sem que atribuam tal julgamento a um excesso de análise, que, quanto mais violentos fossem os sentimentos de curiosidade, de repugnância e, por fim, de hostilidade visivelmente inspirados por minha atitude, mais satisfaziam meu desejo de ostentação. Com toda a lucidez, eu podia abandonar-me à ideia sedutora de ser o personagem da noite (herói, bode expiatório ou inimigo comum), para o qual convergiam todos os olhares, desde o da linda moça – que me ouvia com uma aplicação que eu imaginava ser constante e escrupulosa, sobretudo em razão do ritmo de minha fala, rápido demais para ela, que talvez tivesse apenas um conhecimento imperfeito da língua francesa – até os olhos reluzentes de raiva de indivíduos e criaturas que, no entanto, pertenciam a um ambiente bem pouco propício à mútua surpresa. Entretanto, sem me esquecer do que essa ereção verbal podia ter de inebriante – meu corpo estava literalmente em transe, eu tinha um raio na garganta – nem da volúpia positiva, porém mais vulgar, que eu tinha em preservar o privilégio de ser o centro da atenção geral, de que adiantaria negar que tive medo? Talvez eu não esteja sendo exato. Talvez eu não tivesse medo. Quando digo que tinha medo, quero dizer que me dava conta perfeitamente de que me precipitava de uma encosta perigosa e, sem oferecer a essa imagem mais do que um valor de evocação, de que eu tocaria o fundo do abismo quaisquer que fossem meus esforços para frear e tornar a subir. Um medo bastante análogo aos que eu me oferecia quando, não sendo mais criança e atravessando um bosque à noite, esforçava-me para imaginar lobos, assassinos ou fantasmas espreitando-me na sombra, e, com o coração apertado de pavor, sentia um tipo de satisfação inebriante ao pensar que eu era mestre tanto em fazer meu coração bater e meus nervos estremecerem quanto em levantar o dedo mindinho ou dispor de minha alma. Vocês teriam visto os olhares provocantes lançados por alguns jovens intrometidos, desconcertados com minhas palavras, ao mesmo tempo refinadas e intoleravelmente indecentes, pelas quais se julgavam tão ofendidos como se eu tivesse cuspido em sua cara (estava claro que esperavam apenas a ocasião para me expulsar brutalmente). Vocês teriam visto as risadinhas de suas namoradas que, sedentas de escândalo e farejando-o a plenas narinas, embora, dessa vez, sem decifrar claramente sua natureza, entrincheiravam-se numa atitude meio irônica, meio desdenhosa, sem sentir a necessidade natural de debochar de mim nem de me menosprezar. Vocês teriam visto, sobretudo, um brilho incrível nos olhos, como que recobertos de lantejoulas prateadas, num rosto sério e atento, e lábios rubros, espessados por uma sombra de sangue negro e que davam à pele branquíssima uma cor lívida. Peço perdão aos que pretendem nunca se deixar enganar por emoções incontroláveis, mas creio que, se vocês estivessem numa situação quase idêntica, quer dizer, tomados pela mesma necessidade estranha de tagarelar, feridos e excitados pela animosidade geral, mas apaixonadamente desejosos de conquistar uma mulher, ainda que à custa de sua reputação, vocês teriam experimentado uma perturbação análoga à que me atormentava, uma perturbação cujos elementos constitutivos, que nunca conseguirei esgotar pela análise, eram paradoxalmente a angústia, a febre, o arrebatamento, o orgulho ingênuo, a satisfação vaidosa, o desejo, e, mesmo que vocês a tivessem apenas imaginado, não saberiam controlá-la melhor.

Pois bem, no momento em que eu representava para mim, sem segundas intenções, tudo o que havia, para além da cegueira estúpida dos outros, de afinidades secretas entre mim e aquela mulher, encantado de vê-la silenciosa, séria e atenta, embora aparentemente pouco capaz de captar o sentido distante de algumas de minhas confidências em razão de sua incapacidade evidente de compreender todos os termos de uma língua que ela conhecia mal – o que, aliás, me poupava de vigiar expressões e ocultar alguns detalhes um pouco reveladores demais, para minha tristeza, e prejudiciais à ideia vantajosa que eu esperava que ela tivesse de mim, mas que, apesar de seu caráter escandalosamente íntimo, o medo de romper o fio de meu discurso me levava a expor –; no momento em que, ingenuamente convencido de que acabava de surgir em minha existência, sob a forma de uma bela estrangeira, um elemento real de emoção e de que nossa cumplicidade assumiria – ela já o assumia com extraordinária intensidade – os contornos de uma experiência crucial, tudo me levava a crer que eu tinha, enfim, conseguido passar de uma solidão fria e triste (na realidade, na maioria das vezes, ela não era fria nem triste, só me parecia assim naquele instante em contraste com meu desejo) ao benéfico calor de um entendimento recíproco; nesse momento, custa-me dizer, foi nesse exato momento que essa mulher – que, no fim das contas, não passava de uma puta como todas as outras – soltou na minha cara uma gargalhada brusca.

Capítulo II

Corri cambaleando em direção à porta, mas, antes de abri-la, virei-me. Ela permanecia sentada sem conseguir parar de rir, com o rosto inundado de lágrimas. Em torno dela se espremiam em círculo os clientes que também gargalhavam, com as mãos no quadril, a barriga mexendo para a frente e para o lado, talvez contentes de enfim abandonar o silêncio ao qual meu longo discurso os havia relegado e de dar livre curso à exasperação que, aliás, no fim das contas, exprimia-se apenas por meio de uma hilaridade frenética, entrecortada por guinchos agudos e tapas nas coxas. Era um espetáculo repugnante demais! Depois que fechei a porta, o salão inteiro foi tomado por um *staccato* de vozes, parecido com o clique-claque de uma metralhadora. Na rua, primeiro fiquei feliz por ter saído do salão abafado e barulhento. A neve tinha endurecido, e fazia mais frio. Um frio que atravessava as roupas e os poros dilatados pelo álcool e deslizava sorrateiramente até os ossos. As ruas estavam desertas, e os postes de luz eram esparsos e distantes. As mãos estavam confortáveis nos bolsos; a gola do sobretudo, levantada e abotoada até o queixo; eu deslizava ao longo dos muros, olhando em volta com prudência e tomando o cuidado de virar-me de tempos em tempos para assegurar-me de que não estava sendo seguido. No meio da rua vazia, uma linha branca que se adelgaçava ao longe, avançando sobre a superfície pálida e congelada do asfalto manchado de placas de neve. Os risos e a gritaria ainda me alcançavam, distantes, sufocados pelo ar abafado, tecendo um rumor denso, prolongado como que em surdina pelos sons metálicos da orquestra, que se pôs a tocar de novo. O ar frio cortava meu fôlego. Parei um instante para respirar, abarcando com um olhar satisfeito toda a extensão da rua que, naquele ponto, era margeada de um lado por um prédio comprido cuja fachada se constituía apenas de um muro branco vazado por uma imensa porta de pesados batentes abertos. O prédio ficava escondido no fundo de um jardim, cercado por uma grade e transformado em estepe nevada pela estação. Do outro lado, a rua era margeada por uma série de casinhas sem nenhum atrativo, a não ser, se quisermos, pelo fato de que eram todas de pedra e cada uma de suas janelas era munida de uma sacada de ferro, cujos arabescos, rigorosamente idênticos, eram realçados pela neve, que se estendia em camadas finas por toda parte. Bem mais longe, à minha frente, brilhava a massa volumosa e branquíssima das primeiras árvores do parque, de onde subia em linha reta, como um pico montanhoso, o grande pinheiro que havia mais de trinta anos era o seu principal ornamento. Todo esse cenário imóvel e abstrato, os prédios austeros por causa da neve que acentuava seus contornos e congelava suas superfícies, a atmosfera silenciosa e como que esterilizada, o vazio das ruas limpas e retilíneas, que pareciam as de uma cidade abandonada, e até mesmo o grande portão escancarado, dando para um pátio igualmente deserto, apresentavam o caráter desumano que sempre fez meu coração disparar, não importava sua aparência. Talvez eu apreciasse ainda mais seu lado ao mesmo tempo aveludado e severo, geométrico e milagroso, sobretudo porque se opunha de forma muito impressionante ao ambiente caótico do lugar mal-afamado, cuja porta eu acabara de fechar. Sem pretender ver nisso algo além de mera coincidência, não posso deixar de notar a exatidão com a qual esse contraste correspondia a duas tendências de minha natureza entre as quais eu oscilava sem parar e que, às vezes, pareciam reger, sozinhas, todas as formas de minha sensibilidade: sentindo subitamente uma repugnância insuperável pela vida em sociedade com seu cortejo de intrigas, agitações desprezíveis e palavras vazias, bem como por todo aquele calor de estufa que emanava de uma promiscuidade imposta pelas sinistras obrigações da vida, eu aspirava apenas a me livrar disso tudo para aproveitar os benefícios do ar puro e do silêncio. Só não obedeci antes a esse desejo porque, aterrorizado diante da perspectiva de encontrar-me, a partir de então, privado de todo contato humano – como esse medo era suficiente para justificar, no meu entender, o abandono de uma posição que, no entanto, continuo a considerar a melhor –, corria para me macular com delícia no contato com o mundo, verdadeira cloaca de onde, em breve, incapaz de estabelecer-me de forma razoável e tendo a certeza, mais uma vez, de que minha vida não poderia ser associada à dos outros, saía precipitadamente e ofegante, para me refugiar mais uma vez no lugar inviolável com o qual tinha sonhado, e assim por diante. Esse estado de perpétua alternância era dos mais penosos, mas, no caso presente, eu ainda não estava no estágio da insatisfação: a lembrança do salão enfumaçado e abafado, a iluminação brutal, sob a qual se espremiam os dançarinos, o riso vulgar daquela mulher, que assumia as feições de traição ao nosso pacto tácito; enfim, todo o aspecto de festa popular com a qual eu me deleitara pouco antes só tornava mais vivo o prazer que eu sentia agora em contemplar a paisagem imóvel, glacial e silenciosa, onde eu estava só.

E, no entanto, ao entrar numa rua estreita, onde o vento do norte vinha zumbir em meus ouvidos, tentei desesperadamente me lembrar de como aquela mulher tinha sorrido enquanto dançávamos juntos. Em geral, não tenho nenhuma dificuldade para guardar mais ou menos o que quero de um espetáculo agradável ou, por exemplo, de um rosto que chamou minha atenção ao passar pela rua, e, não raro, ao longo de minhas insônias noturnas, acontece de eu conseguir evocar seus traços com uma precisão notável, até o momento em que, cansado de esgotar seus detalhes, passo a outra coisa, mas, dessa vez, apesar de enormes esforços, eu não encontrava o menor rastro do sorriso que, conforme já descrevi, exercera uma forte atração sobre mim. Era uma situação muito irritante: eu queria me lembrar dele, queria absolutamente me lembrar, queria muito mais do que estava disposto a confessar a mim mesmo e tentava começar me lembrando de seus cabelos, do tipo de pedras que pendiam de suas orelhas e de seu modo curioso de franzir os olhos ao me observar. E seu nariz, como era mesmo? Assim, pouco a pouco e com certa negligência, eu me aproximava da região ardente, mas, quando acreditava alcançar o sorriso, era uma gargalhada atroz que invadia todo o campo da minha memória. Só me restava recomeçar meus trabalhos de aproximação, com prudência e astúcia redobradas, até que repetidos fracassos me fizessem renunciar definitivamente. Em contrapartida, eu via perfeitamente aquela risada, via até demais, e chegava a temer que a sua lembrança pudesse permanecer em mim para além da morte.

Chega! Estou mentindo! Acabo de mentir ao tecer comentários sérios sobre a sensação de tranquilidade que eu teria experimentado ao contemplar a paisagem fria e silenciosa; para dizer a verdade de uma vez por todas, eu só estava preocupado em evocar aquela mulher, que para mim tinha perdido, de forma irremediável, todo o charme e o prestígio que provinham, em grande parte, de seu sorriso enigmático. Menti. Lamento dizer que meu estado de espírito não era dos mais serenos e, depois que me infligiram, nas condições que acabo de expor, uma ofensa que me feriu bem mais do que um cuspe na cara, como podia eu atribuir a menor importância à pureza glacial daquela rua, na qual eu apertava o passo, andando rente aos muros como um ser abjeto? Nem tentava me livrar do desespero associado à repugnância por mim mesmo, aos quais me havia lançado aquela gargalhada que eu tinha contraditoriamente prazer em evocar com insólita insistência, talvez por causa da atração imperiosa que sua lembrança exercia sobre meu espírito corroído por um duplo sentimento de culpa e decadência, mais ou menos assumido, e não desejava nada além de levar ao extremo uma maldição da qual eu extraía uma espécie de deleite análogo ao do penitente que não apenas acha natural expor-se a um justo castigo, mas também o reclama com um ardor proporcional a seu desejo de expiação. De fato, eu estava tentado a ver naquela risada um castigo por ter me abandonado de forma complacente demais a confidências que, por mais agradável que tenha sido o alívio sentido no momento, me fariam pagar um preço alto. Agora, talvez esperem que eu dê uma explicação plausível a essa mentira, é isso que aguardam ao menos aqueles que, desejosos de me ver cair na rede de uma segunda mentira, convidam-me ironicamente a me desculpar. Ficarão surpresos e, quem sabe, talvez lisonjeados se eu lhes revelar que tentei desorientá-los ao atribuir-me pensamentos tranquilos, menos por medo da vergonha que eu teria experimentado ao me lembrar daquela risada dilacerante como uma facada do que pelas razões que eu tinha para temer outra risada, quero dizer, justamente as suas, sim, a de vocês, senhores! Tenho uma declaração extremamente cômica a fazer: posso prever com exatidão que não faltará gente mal-intencionada para julgá-la desse modo. Parece-me indispensável, portanto, indicar de antemão que sou pouco entendido em matéria de gracejo, não levo nenhum jeito para bancar o bufão. A esse respeito, poderiam enganar-se apenas aqueles com certa disposição para rir do que não compreendem direito, em outras palavras, que acham engraçadíssimo o que é bastante triste, o que não impede, de modo algum, que outro tipo de gente chore precisamente quando haveria motivos para rir. Sem saber direito à qual das duas categorias me dirijo, considero, em todo caso, que não é muito pedir a uns e outros que manifestem, com a máxima seriedade possível, uma perfeita impassibilidade, não digo uma total compreensão nem, na falta dela, um silêncio desdenhoso, acompanhado de um majestoso dar de ombros, no qual não vejo nenhum inconveniente; enfim, será que vão me compreender se eu disser que tenho menos necessidade de cumplicidade, aprovação, respeito e interesse do que de silêncio? Ah, o silêncio! Então, será que vão acreditar em mim se eu tiver o descaramento de proclamar aqui mesmo minha insuperável aversão aos maníacos por confissão? Isso confortará certo número de pobres coitados que, sorrateiros, tentam me opor a mim mesmo e confundir alguns inocentes, que uma leitura conscienciosa, para não dizer atentíssima, das páginas precedentes havia inclinado a pensar o contrário; e já os ouço aproveitando para me perguntar — os primeiros com um sorriso irônico, os outros levantando os braços ao céu — a que gênero de atividade venho me dedicando há algum tempo. Longe de me deixar impressionar pelo caráter insolente dessa pergunta, proponho-me a respondê-la um pouco mais tarde, se tiver tempo; porém, supondo que me apressem a responder de imediato, afirmo desde já aos que se gabam de me terem surpreendido em flagrante delito de inconsequência, que eles cometeriam um grande erro, para não dizer uma grande desonestidade, caso se recusassem a levar em conta uma doença que me é própria e a cujas manifestações variadas me proponho aqui precisamente submetê-los. De resto, retornarei a isso no momento oportuno.

Uma das razões de minha vergonha residia justamente na repugnância que desde sempre me haviam inspirado os que sucumbem à tentação de entregar seus pensamentos mais secretos, seja pelo prazer doentio de se livrar de uma disciplina interna, que, para mim, é a honra dos homens e, em todo caso, o fundamento de uma higiene mental, cuja necessidade não é posta em causa, seja para escapar por alguns momentos de uma obsessão ou ainda pela ignóbil volúpia que eles sentem ao se humilharem diante de um de seus pares. Talvez até se deva ver nisso a verdadeira causa dessa impossibilidade de me abrir, sobre a qual eu disse, no início, o quanto ela havia prejudicado as relações íntimas que eu gostaria de ter tido com meus amigos. Para mim, abrir-se, mesmo que pouco, ou prestar-se a confidências por pura concessão a alguns seres equivale a vender a alma ao diabo para obter em troca magros anos de favor: ridícula satisfação a que se paga com o fogo eterno! No que chamamos nobremente de confissão, vejo apenas o condenável e custoso exercício de uma fraqueza, e ninguém me impedirá de considerar particularmente suspeita uma amizade em que cada um se esforça sem cessar para extrair do outro preciosas confidências. Não me lembro de ter assistido ao espetáculo, demasiado frequente, de dois homens de rosto avermelhado, inclinando-se um em direção ao outro, com ar atento, inquieto e sorridente, por cima de uma mesa sobre a qual esfriam, em meio a um monte de garrafas vazias, os restos de uma refeição substanciosa; vejam vocês mesmos como eles dão a impressão de se sentirem compreendidos e, com a cabeça aquecida pela comida e pelo bom vinho, o impudor repleto de ingenuidade com o qual se entregam um ao outro, se deleitam e têm o coração iluminado, tal como demonstram os semblantes radiantes como uma aurora. Tampouco me lembro de ter passado por acaso perto de um confessionário, onde confessor e penitente, numa escuridão propícia, sussurrassem um após o outro, num interminável cochicho, perguntas e respostas, sem que eu sentisse uma espécie de mal-estar, para não dizer uma raiva gigantesca que, rápida como um turbilhão, subia ao meu cérebro sem explicação. Observei que, em mim, a visão de exercícios tão baixos, porém legitimados pela aprovação de uns e pela indiferença de outros, nunca deixava de suscitar um violento desgosto, substituído pelo sentimento intolerável de minha própria derrota, caso infelizmente eu mesmo estivesse envolvido. A julgar pela explosão da gargalhada com que aquela mulher saudou minhas revelações, é preciso crer que, às vezes, o espetáculo da impudência é capaz de inspirar nos outros sentimentos menos vivos e menos hostis, mas igualmente cruéis e injuriosos para quem dele é vítima. Afinal de contas, além de desolador, não seria cômico ver um homem se entregar em público a esse tipo de exercício? Ela não se afastou de mim com desgosto, como posso afirmar que eu teria feito em seu lugar: ela se escangalhou de rir. Uma risada vulgar, com a qual ela proclamava abertamente sua traição, supondo-se que já não estivesse desde o início no campo dos meus inimigos, dedicando-se a manobras destinadas a reforçar minha ideia de que nossos destinos haviam se unido de forma milagrosa e de que nela eu encontraria sempre uma aliada segura e leal, pois reproduzia todos os sinais da cumplicidade e, assim, enganava-me quanto às suas verdadeiras intenções com uma facilidade ainda maior porque contava com uma sedução natural; tudo isso para me inspirar confiança e me incentivar a perseverar em meu papel cômico, a menos que tivesse buscado obter de mim apenas o que poderia desejar uma moça de sua espécie. Em todo caso, parece-me fora de questão considerar que só a lembrança da risada, e não a das manifestações sediciosas às quais haviam se lançado mais ou menos abertamente meus outros ouvintes, pôde fazer com que eu descobrisse, num clarão decisivo, o que minha atitude tivera de degradante e ridículo; apenas essa lembrança foi capaz de desencadear em mim um sentimento de humilhação quase físico e me conscientizar plenamente do que eu só podia encarar como uma espécie de decadência, que eu jamais conseguiria apagar da memória e, por conseguinte, que não me permitiria reerguer-me, quaisquer que fossem os meus esforços de imaginação para me reabilitar para mim mesmo. Eu também tinha bons motivos para considerar aquela risada uma justa sanção por eu ter me revelado sem pudor, com afirmações que, com uma veemência surda, agora me reprovo de ter feito diante de uma audiência tão ampla e de qualidade tão medíocre. Por acaso vão me dizer que tudo isso beira o delírio de interpretação? Não reconheci, eu mesmo, ter perdido toda a minha lucidez? Por que, então, obstinar-me em descrever e comentar acontecimentos tão comuns, aos quais um espírito não precavido se recusaria a atribuir qualquer significado? Enfim, não será esse sentimento de abjeção o mesmo que experimentam inúmeros beberrões? E no que estará ele relacionado à minha crise de tagarelice? É claro que procuro distinguir-me e, à custa dos maiores esforços, empenho-me em remeter efeitos perfeitamente negligenciáveis a causas extraordinárias demais para serem negligenciadas. Ou então me recuso, por orgulho, a reconhecer que estava bêbado, que esse estado de embriaguez me empurrava para as confidências e, como resultado, minha atitude adquiria um aspecto grotesco, do qual só se podia mesmo rir, ou talvez eu seja, mais uma vez, vítima de uma simples ilusão dos sentidos. Em suma, alguns bem que gostariam que eu admitisse que meu êxtase, minha necessidade de tagarelar e a vergonha que se seguiu devem ser postos desordenadamente na conta da minha bebedeira, da qual, em última análise, constituem apenas seus aspectos variados. Nunca, sob nenhum pretexto, aceitarei esse modo de ver. Se fui o primeiro a sublinhar o papel exercido pela agitação a que me levou a absorção de boas doses de álcool, pretendo e sustentarei, custe o que custar, que seria absurdo aumentar sua importância, que meus comentários não eram de modo algum os de um bêbado e que não comportavam nada de incoerente que pudesse se prestar ao riso ou até mesmo ao sorriso. Minha opinião inabalável é que, por mais tentado que se sinta um homem a esvaziar seu coração, ele nunca deve esquecer que, ao infringir as leis do pudor, expõe-se à ironia de uns e à cólera de outros. No meu caso, a minha ruína se deu de forma cruel do lado da ironia.

Entretanto, depois de ter subido toda a ruazinha estreita que desemboca no canal, mudei de direção e entrei numa rua vizinha, olhando sempre para trás, embora me parecesse pouco provável que alguém pensasse em me seguir. Também era sem convicção alguma que eu fingia me interessar pelas fachadas das poucas lojas da cidade cujas vitrines não estivessem fechadas. Essas paradas me permitiam vigiar furtivamente as esquinas, onde eu esperava vagamente ver uma sombra se perfilar na rua coberta de neve ou nos muros revestidos, aqui e ali, de cartazes rasgados, acompanhados pela luz amarela dos postes que pairava ao seu lado. Depois, retomei a caminhada e passei pela praça do mercado, transformada pelo inverno numa espécie de terreno baldio, limitado ao fundo por construções mortas nas quais a pedra adquiria um aspecto desafiador ao lado dos fundos enfumaçados e caindo aos pedaços de vários casebres térreos, feitos de tábuas de madeira, nos quais pequenos estabelecimentos funcionavam de forma discreta e, muitas vezes, anônima. Em torno de fezes frescas fedendo a amoníaco que, entre rastros de cascos de cavalos, estavam espalhadas na neve com uma precisão obscena, rodopiavam e se lançavam revoadas de corvos, com um barulho de persianas enferrujadas. Nada nesse espaço desnudado e extraordinariamente perdido que evocasse a confusão dos dias de feira, quando todo mundo se encontra para discutir, esgoelar-se e gesticular. Eu inalava com prazer o ar calmo e gelado, que pinicava minhas narinas e cauterizava meus pulmões com suas agulhas estimulantes. Foi apenas alguns passos depois, mais ou menos perto de uma estátua imponente, junto à qual termina, se não me engano, uma grande avenida com muitas árvores, mas igualmente deserta e sem vida, que se abre para um terreno com imóveis em ruínas, que tive a certeza de estar sendo seguido. Virei-me de sopetão, sondando com uma olhada rápida e furtiva toda a extensão da rua. Nada de insólito, a não ser uma pluma de neve erguida pelo vento, subitamente mais forte, e alguns papéis velhos, que rolavam torcendo-se, como os fragmentos de jornais que se arrastam ao amanhecer nos paralelepípedos das cidades. Acima de mim, os fios dos postes emitiam um som ininterrupto, agudo, estranho, como se a frieza do ar tivesse encontrado uma voz. Retomei meu caminho acelerando o ritmo, mas não dei nem vinte passos quando, mais uma vez, tive a impressão de ouvir atrás de mim um arfar leve e regular que escandia minha caminhada. Em vez de parar e me virar como havia feito antes, saí correndo em disparada no meio da avenida, com o peito ofegante e as narinas abertas, mas logo uma pontada de lado e a falta de ar me obrigaram a reduzir consideravelmente a velocidade até parar. Pouco depois, ouvi passos precipitados, que, pelo som, não deveriam estar a mais de 50 metros de distância. Virei-me com uma prontidão que talvez pudesse ser tomada por um tique nervoso, mas nenhum ser humano, nenhuma sombra suspeita me saltou aos olhos, apenas, no limite da escuridão, a cerca de 30 metros, uma carroça abandonada junto à calçada, que erguia seus braços para o céu coberto de névoa, imóvel na noite que vibrava com a geada, como uma lâmina de vidro na qual os postes de luz formavam como grandes riscos sulfúreos. Seria quase impossível analisar o efeito lúgubre que produziu em mim aquela carroça solitária, cujos braços estendidos para um céu invisível, numa atitude de súplica, evocavam minha própria angústia, porém, sem que eu tivesse, naquele momento, consciência dessa relação. Seja como for, esse espetáculo me tomou de terror e me inspirou o desejo desesperado de sair correndo, de jogar-me em direção ao obstáculo movediço das trevas. Poucas vezes me comportei de maneira tão absurda. Entretanto, decidi retomar meu caminho com um ritmo razoável, contentando-me apenas em alongar o passo sem virar a cabeça. Sou igualmente incapaz de justificar a impressão, não menos ruim, causada pelos golpes ritmados dos sinos que, na escuridão acima de minha cabeça, começaram a tocar, enquanto eu contornava a igreja que encimava as casas com toda a majestade convencional e imutável dos edifícios públicos. Os sons subiam no ar gelado e se fundiam em ecos que os repercutiam, anônimos e perdidos, como se eles tivessem se tornado a própria voz de minha angústia, uma voz grave e dilacerante, selvagem e nostálgica. Mas talvez meu mal-estar aumentasse porque, a partir de então, por causa das vibrações prolongadas e constantes dos sinos, eu já não conseguia prestar atenção ao barulho ligeiro dos passos nem à respiração de meu perseguidor invisível. Eu tinha pressa em me afastar o mais rápido possível daquela igreja, cujo volume quadrado, feio e até hostil, aumentava ainda mais a impressão claramente desagradável que eu tinha do bairro. Lembro-me até da irritação singular que me causou um bando de corvos agitados, que crocitavam sobre um amontoado de lixo. Quase arremessei pedras neles, porém meu gesto os espantou e todos juntos, num voo pesado, foram aterrissar um pouco mais adiante. Pus-me a correr a toda a velocidade, apesar da completa falta de fôlego, com o álcool se agitando em minhas entranhas como uma pedra ardente e pesada, e, aos pés da colina, no fim da avenida, virei numa rua estreita, ladeada por casas com galerias, de fachadas sombrias e de construção um pouco recuada, em terrenos sem vegetação, onde de vez em quando se erguia uma árvore perdida e mirrada. Todo esse cenário surgia aos poucos em meio à penumbra, parecendo uma foto ruim, sinistra e absurda. A rua desembocava em outra, mais larga e ladeada por uma dupla fileira de árvores que se prolongava à direita até o parque. Ao penetrar nele, tive a sensação de que era bem o lugar aonde meus passos deveriam inevitavelmente me levar, embora eu não tivesse nenhuma razão para me aventurar por ali mais do que em qualquer outro lugar. Tudo aconteceu como se eu tivesse sido vítima de uma maquinação das mais inteligentes por parte de meu perseguidor anônimo, que, conhecendo perfeitamente a topografia da cidade, fizera-me atravessar todo um labirinto de ruelas e praças apenas para me introduzir, sem eu perceber, naquele lugar onde eu nem sonhava em ir parar. Península triangular, cercada de água e unida à terra por uma única ponte, que dava acesso a ela e era o único meio para dela sair, sem dúvida esse parque constituía a melhor armadilha na qual meu inimigo poderia desejar acuar-me. Mesmo assim, continuei a avançar pelo caminho com aclives e declives, que desembocava numa rotatória afunilada, com balaustrada pseudogrega, dominada por um gigantesco pinheiro, visível de todos os pontos da cidade e junto ao qual todos os bancos de pedra vazios estavam reunidos em semicírculo, em torno de um tapete espesso de neve que derretia com o clima mais quente, dando lugar a um cascalho vermelho e brilhante. Sentei-me num banco aos pés do pinheiro, não sem antes tomar o cuidado de limpar a neve com um galho seco. É estranho que só então eu tenha tido uma verdadeira sensação de tranquilidade e segurança. Não era mais o caso de lançar olhares inquietos ao redor. De repente, deixei de ter medo; medo de quê? Será que até eu começava a duvidar da existência de meu inimigo? Ele poderia muito bem ter sido criado por minha imaginação, que o excesso de bebida havia tornado excepcionalmente inventiva. Tomado por um pânico irracional e, ao mesmo tempo, motivado pela ideia de um castigo sem remissão, ao qual, no meu desvario, eu dava uma forma humana, talvez eu tenha saído correndo apenas numa tentativa desesperada de escapar dele. Mas, nesse momento, inexplicavelmente livre dessa obsessão, e como todas as coisas já não se apresentassem de um ponto de vista trágico, nada me impedia de aproveitar com calma a beleza de um lugar onde eu não me sentia mais perseguido nem ameaçado e que a evocação de todo um passado, do qual ele era o cenário, dotava de um prestígio perturbador, em razão do que ele lhe conferia de distante e primaveril. Pois aquele era justo o banco no qual eu gostava de me sentar na primavera, quando o parque fervilhava de crianças barulhentas e casais abraçados, quando era atravessado por trinados de pássaros e alaridos cuja sonoridade era curiosamente amplificada pela água próxima, quando cintilava ao sol e às sombras verdes tanto quanto nesse dia se mostrava deserto, silencioso e escuro. Construído sobre pilotis, esse parque me atraía por causa do espetáculo dos jogos infantis, que, no entanto, chegavam a atordoar; também por causa — tenho vergonha de dizer — do obscuro prazer que eu sentia em atazanar algumas moças solitárias, que ficavam ali sentadas e, de início, só permitiam, com muita complacência, que eu as examinasse em detalhes porque viam na minha insistência um início indispensável de conversa, porém, com o tempo, irritavam-se com o que talvez tomassem por timidez e interrompiam toda troca de olhares e toda exibição de pernas quando não deixavam subitamente o banco, com as bochechas quentes de raiva, para retornar à rua, seja porque tivessem adivinhado minha artimanha, seja porque minha passividade as tivesse desencorajado de verdade. No entanto, repleto de gente ou não, só esse parque teria sido capaz de me reter: triângulo de areia e de grama, com um dos cantos fendendo a água em forma de proa, dava-me a impressão de estar situado nos confins do mundo, e daquele banco eu podia contemplar não apenas a torrente que, transparente e brilhante, precipitava-se abaixo de mim, rolando do alto da barragem até uma imensa efervescência branca, forrada de pedras, mas também toda a longa perspectiva do rio que passava por uma série tão numerosa de pontes que nem mesmo uma visibilidade perfeita permitia contar; por fim, o grande muro compacto e impenetrável, encimado por tílias, e que, para além da torrente, intrigava-me por causa do rumor misterioso que ali se ouvia em algumas horas do dia, feito de pés caminhando ou correndo no cascalho e de vozes se interpelando no calor de um jogo, bruscamente encerrado pelo tilintar meio estridente de um sininho. Mas o que me arrependo de não conseguir exprimir é o prazer sensual, ao mesmo tempo tranquilo e muito intenso, que senti quando, sentado e imóvel naquele banco, a partir do qual podia desfrutar de uma paisagem composta de água, edifícios, verde a perder de vista e nuvens, à qual a luz da primavera dava um brilho mágico, com o corpo aquecido por um sol agradável e protegido do vento ainda bastante fresco da estação por um sobretudo espesso o bastante, ficava um bom tempo observando os transeuntes, um após o outro, que passavam na minha frente, indo em direções opostas, o aço brilhante da ponte rígida em cima da barragem ou ainda, se eu inclinasse a cabeça para trás, a cúpula verde-clara do pinheiro que, lá do alto, me olhava com desdém, enfim, coisas que, por si sós, não despertavam grande interesse, e prestando atenção às conversas desconexas das pessoas que tinham se sentado ao meu lado, aos gritos alegres das crianças, ao murmúrio da água que se precipitava por baixo da ponte metálica. Fazia muito tempo que a dupla ação de observar e ouvir vinha acompanhada em mim de uma emoção muito especial que podia surgir no momento mais imprevisto e ser causada por alguma coisa ou alguém por quem eu não tinha nenhuma razão particular para interessar-me. No meio do amplo fluxo de coisas, não fazer nada, mas ver e ouvir. Se tivessem tentado me tirar da doce vertigem que me proporcionava essa contemplação, talvez eu reagisse com violência, por instinto de defesa, e respondesse às questões mais inofensivas com palavras e gestos de injúria, com o risco de arrepender-me em seguida e pedir desculpas. Mas o fato é que nunca fui levado a rejeitar nenhuma intervenção incômoda, tanto é verdade que passo despercebido em toda parte. (A agradável contrapartida de meu aspecto insignificante, do qual me queixo todo dia, é uma vida livre e distraída.)

Tenham a certeza de que não é absolutamente por complacência que me detenho por tanto tempo num período da minha vida ao qual esse banco se encontra associado em minha mente. Se o faço, em primeiro lugar, é para indicar que, ao contrário do que gostariam de fazer crer certas pessoas que buscam a felicidade sem jamais encontrá-la, ela brilha diante de seus olhos e ressoa em seus ouvidos a cada hora do dia; portanto, que a tomem onde ela está, mesmo que por um instante, e parem de nos importunar com suas inúteis reclamações. Em segundo lugar, é para mostrar a importância que atribuo à relação entre o súbito desaparecimento de meu medo e as lembranças de felicidade serena que a visão do banco no qual eu acabara de me sentar evocava irresistivelmente para mim. De fato, é surpreendente que eu tenha parado de acreditar na realidade do perigo a partir do momento em que entrei no parque. Esse fenômeno me parece interessante por ser sintomático da repercussão que tais lembranças, ainda que conservem pouco de seu violento perfume, podem ter sobre o curso de um pensamento, ele próprio dominado pelo medo, como é o caso aqui. Mas passemos adiante.

Outra observação. Esqueci-me de indicar em seu devido lugar um fato que, para mim, também se reveste de certo sentido, e não posso deixar de mencioná-lo, apesar de minha preocupação constante em expor aqui apenas o essencial. Pôde-se observar que, a partir do momento em que tomei consciência do perigo do qual tentava escapar, correndo pelas ruas da cidade, não se tratava mais do doloroso sentimento de culpa causado — assim creio tê-lo explicado o suficiente — pela lembrança de minha lastimável conduta no bar, e avivado, em seguida, com a lembrança da risada daquela mulher. De fato, diante do medo, a lembrança tinha desaparecido sozinha, e me parece não menos notável que, como o medo me abandonasse na entrada do parque, ela não tenha recobrado de imediato seu poder sobre mim. Contudo, dessa vez, eu estava inteiramente possuído pela música fascinante das lembranças; nada poderia atrapalhar meu prazer. Eu quase não me preocupava com o presente. No entanto, por quanto tempo eu sofreria a influência dessa música? Não se dissiparia ela com o tempo, levando-me mais uma vez a expiar, com um cruel desgosto por mim mesmo, a vergonha de ter falado publicamente? O fato é que tudo ocorreu em conformidade com o processo que acabo de indicar, mas, dessa vez, meu sentimento de derrota pesava tanto que, por considerar o medo o remédio mais eficaz e estar persuadido de que só ele me permitiria ter certo alívio ou escapar completamente de ser dominado pelo remorso, chegava a me arrepender de senti-lo e a desejar experimentar um castigo do qual não tinha dúvidas de sair regenerado.

A lua se ergueu, tive um sobressalto: a grade se fechou com um rangido meio estridente; alguém tinha acabado de entrar no parque. Levantei-me um pouco, apoiando-me nas mãos, e olhei para além da vegetação coberta de neve para ver se algo aparecia na curva do caminho: a ponte estava deserta, ocupada apenas por dois barris de piche sobrepostos e por uma pilha de paralelepípedos encimada por uma bandeira vermelha que o vento agitava suavemente. Senti o odor delicado e congelado da água, ouvi a torrente, e, nesse momento, a ponte surgia com clareza, com linhas firmes e brilhantes, na penumbra manchada pela lua. Tive uma reação, acho que comecei a rir; peguei o lenço para enxugar o suor que brotava no rosto. Nesse momento, estava ainda bem senhor de mim, queria me deixar extasiar lentamente pela noite insone, sentir o tempo correr entre meus dedos e recusar tudo o que pudesse me levar a um dispêndio excessivo de forças; para tanto, tinha de manter minha faculdade de atenção totalmente disponível. Todavia, eu não podia deixar de fitar, um depois do outro, a ponte e o caminho que, entre as manchas redondas dos postes de luz, perdiam-se na escuridão.

Uma tosse profunda e gutural me fez estremecer. Minhas mãos se crisparam no banco, e olhei ao redor com uma espécie de avidez exaustiva. Estava para me levantar e fugir quando percebi uma sombra que, perto da vegetação, a alguns passos de mim, impedia a minha retirada: do outro lado da alameda, um homem se deslocava devagar, com a mão no bolso do paletó e o chapéu no canto do olho; porém, em vez de vir até mim, atravessou o gramado e se embrenhou debaixo das tílias, até que, do meu banco, ficou impossível distingui-lo.

Mas, no mesmo instante, deu meia-volta, refez seus passos, atravessou de novo o gramado, sem fazer barulho, e parou na altura da vegetação, escondendo-se atrás de uma árvore. Para minha própria surpresa, fui em sua direção, com os cotovelos ligeiramente afastados e a postura agressiva de um lutador que se dispõe a iniciar o combate, com toda a luz escorrendo sobre meus ombros como uma água branca. Se, em geral, mostro-me incapaz de realizar a menor proeza ou mesmo de me comportar com sangue-frio diante de um inimigo com força superior ou apenas igual à minha, dessa vez me portei com bravura diante de um perigo real, como se, livre de todo temor ou, ao menos, considerando uma questão de honra superá-lo, eu tivesse me julgado à altura de medir-me com um adversário cujo nome eu ignorava, quando a prudência teria me aconselhado a permanecer tranquilo naquele banco, onde eu tinha a certeza de que ele não poderia me ver. (Sempre vigilante, meu medo de bancar o idiota frustra em mim esse complô de hipocrisia e vaidade que faz com que eu me imagine como alguém tão inverossímil quanto um herói. Aliás, buscar consolo na aprovação de si mesmo, merecida ou não, parece-me vulgar; não acho isso legítimo de modo algum. É inútil que eu me defenda por ter, em algum momento, pensado em creditar um ato tão audacioso a uma bravura da qual já disse ser totalmente desprovido. Portanto, que ninguém se engane: eu era movido pelo desejo de dar fim à obsessão do castigo pelo qual me sentia ameaçado. Eu sonhava em expiar, pela correção que me faria infligir, a vergonha de minha recente conduta e, com a dívida quitada, desfrutar livremente de um presente no qual nenhum remorso viesse se imiscuir. A presença de um inimigo me parecia uma oportunidade raríssima a ser explorada, a despeito do medo, e pagando com um sofrimento físico o benefício de minha redenção. Não era, portanto, com orgulho de combatente nem com desejo de sucesso, dominação ou glória que eu o enfrentaria, mas com a passiva humildade de uma vítima que dá seu livre consentimento, à qual parece normal e plenamente desejável expor-se ao castigo que sabe ter merecido. Eu não tinha de vencer um inimigo, mas entregar-me aos golpes de um homem que, a rigor, surgia como o justo executor designado para me purificar de minha mácula e por quem, nesse sentido, eu deveria nutrir apenas um sentimento de gratidão.) A alguns metros dele, reduzi a velocidade e parei diante de uma árvore recém-derrubada que obstruía a passagem no lugar onde o caminho que vinha da ponte encontrava a alameda central que eu acabara de deixar. Meus olhos estavam fixos no homem que, imóvel e encostado no tronco, apertava em torno da cintura um sobretudo muito longo, cujas abas batiam em suas pernas. Por um instante, imaginei que nos observássemos um ao outro, mas, quando ele se afastou da árvore de um salto e esticou a cabeça, escrutando-me com uma espécie de atordoamento, compreendi que ele acabara de me descobrir. Enquanto me examinava com seus olhinhos aguçados, todo o meu corpo, contraído de angústia e indecisão, estava animado por um leve balanço, como se eu oscilasse sem sair do lugar. A sombra do homem, que invadia todo o campo coberto de neve atrás dele, fazendo com que a de sua cabeça, virada de perfil por cima do ombro e comicamente deformada pelos acidentes do terreno, alcançasse a ponte, conferia-lhe um aspecto gigantesco e ameaçador que ele estava longe de possuir, pois era de pequena estatura e, ao que parecia, pouco robusto. Vi quando ele abriu o sobretudo e tirou um relógio; olhou a hora, ergueu a cabeça e, ainda com o relógio na mão, deu um passo em minha direção, olhando diretamente em meus olhos, com expressão enfurecida. Pouco depois, baixou de novo o olhar para o relógio, que tornou a guardar com cuidado no bolso interno do paletó; em seguida, com os dedos enrijecidos de frio, esforçou-se para abotoar o sobretudo. Somente quando jogou para trás o chapéu com um golpe seco, revelando um triângulo de cabelos vermelhos e reluzentes de brilhantina, reconheci o ruivinho do bar. Pobre-diabo, será que não tinha entendido que eu já estava indiferente aos encantos de sua namorada? Não lhe teria bastado ver-me virar piada diante de toda a clientela do bar? Eu sentia por ele uma grande compaixão e estava decidido, mais do que nunca, a deixá-lo bater em mim o quanto quisesse. Na escuridão, não conseguia ver direito sua fisionomia, mas imaginava que estivesse pálida e deformada pelo ódio; não deveria ser um semblante agradável de ver. Pobre-diabo! Talvez pensasse que, batendo em mim, faria triunfar seu amor e, à espera disso, banhava-se com delícia em sua cólera. Nisto consiste a verdadeira paixão: sentar a mão em seu semelhante em nome do amor pela mulher. Uma bela e nobre maneira de ver as coisas! O homem tinha toda a minha simpatia; eu estava tão feliz que o destino o tivesse enviado num momento como aquele que poderia até parecer que, adivinhando meu desejo de expiação, e não guiado por seu ódio, ele tivesse ido até ali para se oferecer como carrasco. Agradava-me pensar que houvera entre nós, desde o primeiro contato, uma espécie de cumplicidade nascida de uma insatisfação comum. A necessidade que ele sentia de me dar uma surra era a mesma que a minha de ser surrado; assim, cada um de nós punha em prática, a seu modo, um princípio comum de higiene. Não, sua fisionomia não devia estar nem triste nem feia; possuía, antes, o ar sereno de quem enfim vê brilhar à sua frente o objeto tão cobiçado.

A lua, escondida por um instante, apareceu entre as nuvens que se rasgavam e nos inundou com uma luz gelada. Sem parecer mover minimamente os olhos injetados de sangue, ele me inspecionava de cima a baixo, com o rosto paralisado numa dupla expressão de ressentimento e temor, as mãos enfiadas nos bolsos do sobretudo, remexendo imperceptivelmente o tecido. Retirou a direita com lentidão, para introduzi-la em seguida no bolso interno, de onde pegou o relógio, que consultou de novo com ar circunspecto. Reergueu a cabeça com um movimento brusco e me lançou um longo olhar penetrante e desconfiado, como se tivesse boas razões para crer que eu aproveitaria um momento de desatenção para fugir. Depois, de um salto, superou a árvore derrubada e, com dois passos, percorreu a distância que nos separava. Seu antebraço ia me agarrar pelo meio do corpo para me empurrar para trás, quando recuei e o evitei, afastando-me. Não creio que essa primeira escapada diante do sofrimento tenha sido causada por uma incurável covardia, nem que possamos interpretá-la como uma sábia advertência, destinada a permitir que eu tirasse proveito do espanto no qual a inutilidade de seu gesto havia mergulhado meu adversário, e a prova é que não houve de minha parte nenhum contra-ataque. Provavelmente pego de surpresa pela rapidez do ataque e não tendo tido tempo nem presença de espírito para dominar meu reflexo de defesa, esquivei-me do golpe por instinto e, assim, acabei incorrendo em uma humilhante contradição.

Mas, quando ele pulou de novo em cima de mim, contentei-me em levantar o cotovelo para proteger os olhos, e ele não teve nenhuma dificuldade em dar um soco no canto da minha boca, que começou a sangrar copiosamente. Decidido a só ceder ao medo ou à revolta do que me restava de dignidade depois de ter sofrido até o fim a provação que consagraria minha redenção, esforcei-me com uma aplicação febril para manter os braços ao longo do corpo, na atitude provavelmente cômica de uma vítima entregue sem defesa às mãos de um algoz cruel. Contudo, irritado pela inércia que eu demonstrava, ele se ergueu com toda a sua pequena estatura e lançou um murro forte, que acertou meu rosto; caí sentado na neve.

Como eu tentasse me levantar, ele me bateu mais duas vezes. Rolei de costas e permaneci imóvel.

Ainda que relacionado a uma sensação de queda no vazio, o estado de júbilo que senti logo em seguida me parece a prova irrefutável de que só um sofrimento físico tinha o poder de apaziguar o vergonhoso mal-estar em que a lembrança de meu erro me mantinha. Esse estado imprevisto, que se manifestava por uma espécie de alegria, de humor infantil, de disponibilidade feliz, de total desprendimento, fazia-me, ao mesmo tempo, tremer e rir, e sua intensidade era tão grande que, aparentemente, não haveria tortura que eu não fosse capaz de suportar se tivesse tido razões para crer que ela produziria minha reabilitação, dessa vez me aliviando por completo do peso de meu remorso; pois nenhuma provação estava acima de minhas forças, que eu sentia como ilimitadas. Mais uma vez, é essa espécie de êxtase que lhes explicará que não me exponho, de nenhum modo, à crítica que talvez vocês estejam dispostos a fazer a minha inércia, minha indolência, minha lassidão, minha apatia ou coisa que o valha. Daí a me acusar de covardia, decerto é só um passo. No entanto, a fim de ajudar na compreensão de algumas de minhas atitudes mais ambíguas, não pude deixar de me alongar, com uma insistência muitas vezes cansativa, sobre o que sempre me pareceu prestar-se mal à expressão, com o risco de ver um grande número de meus leitores abandonar a empreitada, quando tudo me impedia de usar da persuasão para compartilhar com eles uma emoção provavelmente intransmissível, de interesse duvidoso e tão desprovida quanto possível de virtudes particulares que se associam às emoções habituais, mas que, para a compreensão do conjunto e fora de qualquer outra consideração, eu era obrigado a evidenciar.

Ele se debruçou sobre mim com um meneio um pouco surpreso; baforava com força, e cada respiração se sufocava em um colapso desordenado, como se fosse a última. Um momento transcorreu. Eu mesmo estava sem fôlego e ofegava. Minha pulsação martelava dolorosamente no lábio ferido e inchado. Talvez a visão de minha fisionomia marmórea, em virtude dos golpes, tirasse sua coragem de voltar a bater em mim; talvez ele julgasse mais prudente parar por ali e dar meia-volta, deixando-me agonizar no meu sangue, de bruços na neve gelada. Temi que ele ainda não estivesse aliviado. De minha parte, eu ainda não estava, a correção me parecia insuficiente; por isso, tentei pôr-me de pé, esperando incitá-lo, com essa imprevista recuperação de vitalidade, a colocar-me fora de combate em definitivo. Ele retomou uma posição de defesa. Tentei levantar e percebi que já não sentia as pernas. Eu sabia que, para sustentar meu papel até o fim, teria de me levantar e fazer cara de que o atacaria. Talvez ele acabasse por me matar. Eu não queria morrer, mas, se tivesse de acontecer, não me importaria. Houve um momento de hesitação de minha parte e da dele. Apesar de todos os meus esforços, minha posição permanecia extremamente artificial e inverossímil. Compreendi que, se eu não atacasse primeiro, ele abandonaria o jogo. Lancei-me sobre ele, que teve tempo de se abaixar; seu rosto mergulhou de lado na claridade da lua. Então, ele perdeu a paciência, deu um salto e caiu em cima de mim com os pés projetados para a frente. Golpeou-me com todas as suas forças. Minhas pernas vacilaram, e caí de joelhos. Ouvi-o afastar--se correndo, depois, por um momento, creio ter ouvido a badalada dos sinos. Fiquei ajoelhado, com a cabeça virada para trás, olhando o céu escuro com lágrimas escorrendo pela face.

Quando recobrei a consciência, estava deitado de lado, com a orelha direita enfiada na neve, as mãos crispadas nas lapelas do sobretudo, que elas apertavam com firmeza ao redor do peito. Senti uma dor lancinante na testa, entre os olhos. Torcendo a cintura, bem ou mal consegui me virar de costas, e assim permaneci estendido, imóvel, olhando fixamente acima de mim o pinheiro que se erguia, vago como um sonâmbulo, na névoa leve e branca, enquanto tateava desajeitadamente com uma mão o rosto insensível por causa do frio e, com a outra, explorava a cobertura de neve derretida, sobre a qual eu me encontrava. Tive a lamentável impressão de estar no fundo de uma fenda da qual não conseguiria sair nem mesmo à custa dos esforços mais desordenados, subtraído para sempre dos olhares humanos, perdido para o mundo, ainda que todos os frequentadores habituais de domingo tivessem de me contornar em fileiras cerradas. Os efeitos dos golpes que eu tinha recebido já se faziam sentir intensamente; minha magnífica exaltação não era mais do que um imenso cansaço. O simples fato de evocá-la já me faz estremecer, menos pela lembrança do sofrimento do que pela sensação do meu fracasso. Mesmo constatando com amargura que a punição buscada não me levara à mudança esperada e sentindo-me envergonhado por tê-la reduzido a um lastimável expediente, eu não deixava de pensar em sofrer uma nova provação, cuja eficácia, dessa vez bem real, pudesse resultar num sofrimento mais atroz, provavelmente com o mesmo grau de humilhação e que, de antemão, pareceu-me tão temível que, condoendo-me e compadecendo-me de mim mesmo, comecei a chorar como uma criança. Lágrimas estúpidas, aliás, talvez causadas apenas por uma depressão fortíssima. No entanto, fora essa apreensão, e sabendo que eu não poderia permanecer impune, eu tinha pressa em lavar-me de meu pecado e ainda desejava com fervor obter meu próprio perdão; de fato, foi esse o único estímulo que me levou a agir em meio a tanta angústia. Outro motivo de desespero era o vento do norte, afiado como uma navalha, que cortava minhas orelhas, protegidas apenas por um miserável cachecol curtíssimo e estreito. Apesar de tudo, o frio teria sido suportável se eu tivesse tido condições de bater com a sola dos pés para trazer sangue de volta aos dedos dormentes. Mas, para tanto, era preciso que eu tomasse a decisão de ficar em pé, só que eu não me acreditava capaz de tal esforço. Consegui, no entanto, levantar o tronco e apoiei as costas contra a árvore morta. Fiquei um bom tempo nessa posição, sem me mexer, com as pernas retas, estendidas à minha frente e solenemente juntas, como uma estátua sobre um túmulo antigo, com as mãos postas nos joelhos e tomando todo o cuidado para manter os olhos abertos e contemplar acima de mim o céu, que parecia uma cúpula de ferro batido. Os postes estavam apagados; de fato, já estava amanhecendo. A alvorada cor de limão inundava o parque deserto, escorria dos galhos e das cornijas, dispersava os blocos de sombra entre as árvores, e a fumaça baixa das barcaças já flutuava sobre a água opaca. Senti frio e cansaço. Fiz uma fraca tentativa de colocar-me em pé, mas sem sucesso: logo precisei renunciar aos esforços com um arquejo rouco, e permaneci apoiado, totalmente rígido, contra a árvore. Minhas articulações pareciam enferrujadas; todos os meus membros, uma matéria morta. Por que negar a comicidade da situação? Com um pouco mais de obstinação e sem tanto esforço, eu seria capaz de me levantar. Para dizer a verdade, nenhuma dessas tentativas custava muito, porém, no auge do sofrimento que me causava o frio, sentia-me como que tentado a perseverar em minha imobilidade; sucumbia a ela com a mesma avidez com que no verão abandonava-me com o corpo nu ao sol, com a diferença de que, nesse caso, sentir a pele arder não me proporcionava nenhuma volúpia positiva. De tempos em tempos, eu esfregava as orelhas congeladas para reavivá-las um pouco; no entanto, logo ficou impossível suportar com tranquilidade o que estava além de minhas forças, e me refiro não apenas a esse frio cruel, de que toda a minha pele estava saturada e que me penetrava até a medula, mas também ao sentimento de angústia e desolação, dos quais, aliás, só tive verdadeira consciência quando me peguei gemendo como um animal ferido, com uma falta de contenção ainda mais encorajada pelo silêncio ao redor. (Um pouco mais tarde, cultivei essa tristeza, esperando, assim, apaziguar a febre de meu organismo. Por vontade própria, repassava todos os tipos de reflexões amargas, relacionadas, por exemplo, a meu isolamento sombrio; arrastava-me de propósito no riacho pútrido de meu pecado; dele provava, com complacência, o gosto azedo e forte. A consciência pesada que eu conservava comigo constituía um excelente refúgio contra o sofrimento físico, e eu me repetia mecanicamente, sem acreditar, que já não haveria para mim um raio de sol, um sorriso caloroso nem o som de uma voz humana. Eu preferia torturar o cérebro e o coração em vez da carne medrosa, e, se não podia me impedir de consentir-me uma curta trégua, já não eram apenas lágrimas de fogo que vinham queimar meu rosto, mas 100 mil espinhos que penetravam, um após o outro, com uma regularidade e precisão alucinantes, as partes mais vulneráveis do meu corpo.)

Entretanto, parado de costas, sem fazer nada, parecia-me que, cedendo a uma influência perniciosa, eu estava esgotando toda a minha coragem e não conseguiria nunca mais me reerguer nem ir embora. Tentei de novo e consegui ficar agachado, com os braços em torno dos joelhos. Logo depois, me pus de repente em pé, mas meu corpo oscilou e girou sobre si mesmo, até que perdi o equilíbrio, estendi as duas mãos para a frente, e ia me estatelar de barriga quando consegui reequilibrar-me, agarrando um galho. Todas as minhas forças pareciam voltar de uma vez e, para saborear o gosto antecipado de liberdade, dei alguns passos, de início, com certa hesitação e tomando cuidado para deixar a mão direita estendida na direção do tronco, ao qual, no caso de uma nova fraqueza, eu poderia me agarrar; depois, pouco a pouco, com mais segurança. Contudo, temendo abusar de minhas forças, parei e me apoiei numa árvore. Fiquei parado por um tempo, tirei o espelho do bolso, dei uma penteada no cabelo e peguei no chão o chapéu, que, com neve no topo e nas abas, mais parecia um bolo com cobertura de creme. Tentei limpá-lo cuidadosamente com a mão, depois com o lenço, e arrumei o sobretudo amarrotado, como se ele tivesse sido lavado, torcido e esfregado. Mas, no exato momento em que me dispus a limpar a barra da calça, uma dor aguda na lombar me fez gritar. Oscilei para a frente e só consegui proteger a cabeça com a mão. Assim que caí no chão, comecei imediatamente a me reerguer, embora tivesse a impressão de ter perdido muito de minhas forças. Apoiei-me no chão com os dois braços para deslizar o resto do corpo. Achei que, se alcançasse a árvore morta, ela poderia me servir de apoio e, mesmo que uma nova dor transpassasse minhas costas, eu não a largaria até conseguir me reerguer de fato. Contrariando todas as previsões, a operação foi bastante fácil, eu estava bem menos fraco do que imaginava e consegui me levantar com a ajuda de um galho que se bifurcava acima da minha cabeça. Uma vez de pé, incapaz de decidir-me a dar um único passo, fiquei alguns instantes parado, sem fôlego, com uma mão agarrada ao galho e a outra no fundo do bolso. Foi então que aconteceu um fato extraordinário.

É possível que um dia eu esclareça as razões, que ainda me escapam, da curiosa sensação de consolo que experimentei bem antes de ter sido surpreendido pelas vozes infantis. Extenuado pelos murros recebidos e pela insônia, teria eu adormecido por um brevíssimo instante, em pé e de olhos abertos, ao modo dos cavalos, e, no meio do meu cochilo, aquele canto jovial, contínuo e suave teria exercido sobre mim uma influência apaziguadora, cujos efeitos pareciam prolongar-se após meu despertar, embora eu afirme que ignorava sua causa, o que talvez explique o brusco sobressalto, seguido de uma espécie de ruptura em minha angústia – como se nuvens ameaçadoras tivessem se aberto de repente num céu sereno –, à qual se somavam, ao mesmo tempo, a confiante certeza de que eu poderia desfrutar de tudo sem remorso e a de uma felicidade tão intensa que meu sofrimento físico – congelamento das extremidades, hematomas nos braços e nas pernas, enxaqueca, em parte por causa da minha bebedeira na véspera, entorpecimento – quase desapareceu? A única coisa certa é que houve um momento de exaltação completamente imprevisível antes que essa música tivesse chegado a meus ouvidos ou, ao menos, antes que eu tivesse podido percebê-la com clareza. (Embora isso não pareça evidente a partir do pouco que eu disse, posso admitir que meus nervos estavam mais despertos que meus órgãos para reter aquilo de que pudessem precisar de imediato.) De início, eu teria jurado que essas vozes descendiam do céu ou que vinham do outro lado do mundo, quando, na realidade, erguiam-se bem perto no ar gelado, por ondas sucessivas, num coro de tão discreta confusão que diríamos tratar-se de um despertar de asas agitadas. Havia nelas algo tão singular, tão alusivo e misterioso que pensei que apenas um grupo muito reduzido de eleitos teria permissão para ouvi-las. Talvez fosse preciso estar em condições de recebê-las, e cada vez mais tomava corpo em mim a ideia, lisonjeira para minha vaidade, de que, se eu gozava desse raro privilégio, era porque havia sido julgado digno, melhor ainda, era seu destinatário exclusivo.

Mas essa agradável ilusão só durou o brilho de um instante; a realidade, como tive logo de me convencer, era de natureza muito menos exaltante: não era do céu nem do outro canto do mundo que a música me acenava, mas simplesmente do alto da grande muralha, situada na margem do canal, atrás da qual, como eu já disse, erguiam-se, durante algumas horas do dia, os gritos e as risadas dos párocos-crianças de traços rudes, que víamos sair às quintas-feiras em tropas, varrendo a rua com suas batinas pretas, sujas de lama, e conduzidos por um adulto de queixo imberbe, cuja roupa não se distinguia em nada da deles e que ia e vinha ao lado, lançando de tempos em tempos uma observação seca e severa em meio ao zumbido monótono das múltiplas conversas.

Meu equívoco fez, por assim dizer, com que eu me desse conta da excitação louca na qual me encontrava. Era de morrer de rir e, no entanto, o mais engraçado foi não ter sentido sequer um sorriso irônico aflorar em meus lábios. Em um período normal, talvez tivesse conseguido resistir àquela música fascinante, que literalmente me arrebatava, e me perguntado como seres tão pouco atraentes eram capazes de fazer jorrar do fundo de si mesmos um canto tão puro e inefável que parecia um milagre; além disso, como era obrigado a reconhecer que eram eles os intérpretes, como podiam viver sem danos entre aqueles muros altos, interpostos entre eles e a paisagem harmoniosa, que meus olhos não deixavam de percorrer, pedaço por pedaço, e na dependência de homens como aquele magricela desengonçado – mas, no fim das contas, o que me provava que, sob aquele ar afetado, ele não escondia um tesouro de qualidades? Quem comandava a apresentação desse coro, em que cada naipe desempenhava inflexivelmente a sua parte, senão um dos mestres? E por que não seria esse mesmo mestre a fazer nas ruas o papel ridículo de um cão de pastoreio? – Pouco importa! Tudo isso deveria ter me intrigado e revoltado a ponto de me fazer quase esquecer a maravilhosa suavidade daquelas vozes, mas, a contragosto, por mais que eu me defendesse e apesar da minha vontade de jamais me deixar levar por algo que me emocione de improviso (atitude que, no meu meio social, é julgada de maneira diversa e me vale a reputação, a meus olhos bastante cômica, de cabeça fria), eu estava inteiramente tomado por aquela música, que me inundava, esmagava e aniquilava com toda a sua assustadora plenitude – assustadora, porque me deixava completamente desarmado. (Nunca tive de me sugestionar para me comover com a audição de minhas obras prediletas: elas têm sobre mim uma virtude dominadora da qual não busco me subtrair; desse modo, costumo pensar que só elas podem me levar a meu próprio ápice. Em contrapartida, acho muito suspeita a perturbação inebriante que, por menos que o ambiente e as circunstâncias se prestem a isso, extraio da audição de pequenas obras sem importância, de uma sentimentalidade repugnante ou de um patético mau gosto, tocadas de qualquer jeito por uma orquestra medíocre. Sentado sozinho num café, onde três violinos e um piano ruim executam um trecho da moda ou, pior ainda, certa ária famosa de uma ópera, que tem contra si o fato de aspirar ao sublime, se não me contenho, acabo sendo invadido por um delírio de tristeza ou de alegria, ao qual não posso honestamente dar a minha aprovação; sinto-me, enfim, comovido, mas muito além da conta. Eis por que me esforcei para permanecer surdo ao que, com o pretexto de exaltar a minha sensibilidade, só fazia de mim um chorão ridículo. Mas, infelizmente, estou de cabeça quente.)

Naquele momento, não pensei em exercer sobre minha emoção um controle que eu reservava, de forma tola, à que me causava a audição de obras cuja inutilidade eu vagamente pressentia. Em primeiro lugar, a música não era vulgar; em segundo, comovia-me como nenhuma outra jamais teria conseguido fazer. Eu me sentia repleto de bem-estar e como que invadido por uma serenidade completamente análoga àquela da qual já fui levado a falar a respeito dos sintomas de minha primeira crise. Queiram me desculpar se me abstenho, excepcionalmente, de buscar desvendar quais traços poderiam permitir-me caracterizar e definir uma emoção da qual eu era apenas uma testemunha assustada; ela me parece particular demais, pessoal demais e, por isso mesmo, desprovida de um poder suficiente de sugestão para que me valha a pena continuar nesse assunto. O que eu poderia dizer? Para todos os efeitos, é melhor deixá-la de lado, seja qual for o lugar importante que tenho a fraqueza de atribuir-lhe em minhas lembranças, reservando-me o direito de submeter a vocês, no momento oportuno, um de seus efeitos carregados de significado em razão das surpreendentes perspectivas que me abriu, mostrando-se a mim como uma revelação, tal como o dilaceramento súbito de um véu ou a explosão de uma verdade.

Desta vez, vou me limitar a estabelecer, em poucas linhas e de modo sumário, o que guardei das qualidades próprias daquela música. Tal como a ouvi no parque, onde o frio paralisava todos os meus membros, ela me parecia atraente pelo calor intenso que irradiava, devido à incandescência de algumas vozes infantis bem aquecidas, às quais se somava, como pano de fundo, uma cortina de vozes mais suaves e perfeitamente serenas; pois, se nela havia, de modo geral, algo de envolvente e confortável como a atmosfera de uma sala superaquecida, na qual se entra após um longo período no frio do lado de fora, era sobretudo por seu duplo caráter de liberdade e alegre inocência que ela me levava às lágrimas; mas também por alguma coisa ampla e clara, parecida com o vento marinho. Retrocedendo no tempo, tenho a impressão de que aquelas vozes ainda exprimiam uma total indiferença às dores humanas, espezinhavam escrúpulos, perturbações, dúvidas e tudo o que constitui o estofo de nossas preocupações, e zombavam da angústia com uma retumbante insolência (no entanto, sem lhe lançar nenhum desses obscuros desafios, não raro ridículos pelo que neles há de ostentatório e forçado). Encanto puro, secreto, à margem do mundo pesado e insípido que trazemos em nós, dotado da sedução particular que atrai tudo o que não tem o odor corrompido de pecado e que encanta como a simples evocação destas palavras: *alegria, primavera, sol*; saído de um universo sem sexo nem sangue, mas que não degradava nenhum dos vícios próprios ao que é exangue e descarnado; opondo sua graça aérea a meu abatimento de animal ferido; claro como uma noite de geada, refrescante como uma tigela de água da fonte; ideal, enfim, como tudo o que sugere a existência de um mundo harmonioso, incomparável com a réplica que dele fazemos e que é sempre um detestável simulacro. Mas o que não posso deixar de dizer a respeito desses cantos é a certeza de que nada teria podido tirar da minha mente o fato de que me traziam um perfume familiar, vestígio insólito de um mundo tão radicalmente distinto daquele onde eu me debatia quanto o verão o é do inverno e que, em meu júbilo, causava-me uma nostalgia pungente, comparável à que a evocação de todo um passado glorioso produz num homem em decadência ou ainda à que vocês sentiriam se um dia acontecesse de pisarem por imprudência nos lugares que foram palco de uma paixão, da qual, no entanto, acreditavam estar curados para sempre. Faltava identificar o episódio da minha vida ao qual isso se ligava. Eu estava ansioso para encontrar a referência precisa, sobretudo porque me encontrava inteiramente absorvido por essa procura que me importunava, impedindo-me de desfrutar da música; aos poucos, senti-me vencido pela obsessão de uma interrogação que eu jamais me resignaria a deixar sem resposta; privado de toda base de orientação, corria o risco de me atormentar, me irritar e, por fim, estragar todo o meu prazer. Eu queria esclarecer esse ponto de uma vez por todas e, se necessário, com certeza teria ficado até a manhã seguinte relembrando minha infância, explorando-a de cima a baixo, sondando e examinando seus episódios marcantes para tentar descobrir algum indício que fizesse a função de interruptor e de repente acendesse a luz, mas será que me dariam tempo de cumprir minha tarefa até o fim? Será que a música não se extinguiria subitamente e, com ela, o que teria me permitido encontrar a chave do enigma? Se assim fosse, para que me cansar em vão? Em todo caso, talvez fosse preferível não perder tempo fazendo tais pesquisas, que desviariam minha atenção do que justamente as havia determinado e acabariam por me subtrair do poder benévolo daquela música, sem que nada me tivesse sido dado que pudesse justificá-las. Na realidade, meus temores eram supérfluos. Pois, enquanto ruminava isso tudo, pouco a pouco a luz se fez; eu sabia que estava no caminho certo e já fazia uma ideia aproximada das circunstâncias nas quais ocorrera o episódio que eu esperava que me revelasse o sentido da minha nostalgia, mas ainda sem conseguir defini-lo nem o situar com precisão. Enfim, enquanto me perguntava mais uma vez o que teria podido me deixar a lembrança de semelhante perfume, a resposta veio como um clarão. Então, em torno do coro infantil, passaram a gravitar lembranças escalonadas de diversos períodos da minha juventude, porém com conteúdos mais ou menos idênticos, que tinham por cenário comum a capela do colégio bretão, onde, transbordando de um ardor violento e sentindo cruelmente a injustiça do constrangimento, eu passava dias nutrindo meu orgulho e minha raiva. De repente, lembrei-me do modo triunfal como o sol caía à tarde, em feixes cor de açafrão, sobre os ladrilhos em mosaico e as rendas ilustradas com motivos trabalhados que ornavam o altar, dourando os candelabros de cinco braços, erguidos por anjos em gesso descascado, e coroando com uma auréola efêmera os cabelos das crianças de bochechas brilhantes e lisas, com boca aberta, e o modo com que as menos devotas entre elas se inclinavam para a frente, abaixavam a cabeça e acomodavam habilmente a mão na parte inferior do rosto, quando, fartas de cantar, fingiam concentrar-se em preces – gênero de dissimulação do qual me tornei mestre e que praticava com frequência. Assim, lembrei-me de certo domingo de maio, quando notei a presença de um enorme pássaro exuberante, enquadrado por uma das altas janelas abertas, de folha dupla, pela qual costumavam escapar os eflúvios do incenso nauseante, que se destacavam em cinza acima da folhagem jovem e trêmula do castanheiro. Todos os dias, eu via essa árvore resplandecer sob as cores do sol como o costado reluzente de um navio, enquanto eu definhava como uma larva em meu buraco escuro e frio. Com que aplicação intensa, obstinada e insensata esforcei-me para ouvir o canto que subia como uma bola por sua garganta, desafiando a força torrencial de um *Magnificat* esgoelado por duzentas vozes! Quando um silêncio religioso se estabeleceu embaixo como uma majestosa *fermata*, como foi tocante o modo como o pássaro fez com que se ouvissem lá de cima alguns vocalises puros, quase sem intensidade, mas cuja irônica desenvoltura me causou a embriaguez que é o desespero absoluto, vizinho da felicidade! Mas o que eu recordava, acima de tudo, era o estado de indizível enlevo ao qual me transportavam os Salmos: ora eu me entregava a eles com complacência, misturando minha voz – insegura – à dos meus colegas, ora, se meu orgulho hostil impusesse o desafio, opunha-me com toda a minha vontade de autonomia, mantendo a boca hermeticamente fechada, com os lábios apenas inchados por uma careta de desdém, a cabeça e o tronco eretos, os olhos brilhando de arrogância, na dupla esperança de, com a rigidez de minha postura, exprimir o desgosto que me inspiravam os louvores servis e afirmar publicamente minha liberdade. Sobretudo no último caso, eu tinha a sensação de tornar-me, de repente, alguém de prestígio – como acontece, a meu ver, com quem, sem se preocupar com escândalos e menosprezando uma reprovação unânime, luta com braveza contra todos para impor seus pontos de vista, por mais equivocados que sejam; o revoltado que, não pretendendo conformar-se com um estado de coisas que ele reprova e que todos aceitam por covardia ou interesse, não hesita em afrontar as autoridades que o mantêm oprimido e se mostra ferozmente decidido a ceder apenas depois de alcançar a vitória, seja ela ilusória, seja muito distante; o acusado, culpado ou não, que uma sociedade repleta de honestidade e bom senso acossa em seu assento no tribunal; em suma, todos os oprimidos, aos quais a luta solitária confere uma auréola de pureza. Ficar imóvel, obstinadamente surdo a essa bela e solene tagarelice que era apenas um engodo, numa atitude sem sinal de resistência; manter-me firme diante da súplica lamuriosa dos outros; ser considerado por meus opressores, seus empregados e por quem eles pretendiam servir, se não como uma ovelha negra, pelo menos como um inimigo cuja pureza o torna mais inquietante; passar por rebelde sedutor aos olhos dos meus colegas, aos quais não estava unido por nenhum laço de cumplicidade (salvo o que costumamos manter contra nossos mestres); inspirar em todos um temor respeitoso, tais eram os parcos recursos – vulgares, se não tivessem sido tão pueris – com os quais eu pretendia chegar ao poder, libertar-me de minhas correntes, em suma, conceder-me momentaneamente a mudança: no fim das contas, tratava-se de suportar o constrangimento exaltando-me com orgulhosa segurança.

Mas, para voltar ao coro dos pequenos seminaristas, a nostalgia que ele despertava em mim era não apenas o prazer misturado aos arrependimentos que sempre sentimos ao reavivar lembranças da infância que, com o recuo do tempo e a experiência amarga que adquirimos a partir de então, voltam ornadas de cores encantadoras, e muito mais o mal-estar que me causava a antinomia, que de repente se revelava em mim com uma horrível evidência, entre o que jamais duvidei que me tornaria e o que me tornei: não cavei com minhas próprias mãos o fosso intransponível que me separava de minha juventude? Que me entendam bem, não se tratava de lamentar minha impotência de adulto para desertar do mundo brutal, seco, desesperadamente impróprio a toda aventura mítica, no qual nos agitamos com uma ferocidade de aranha, com o intuito de, em seguida, graças a uma evocação precisa, entrar nesse mundo perdido, ao qual os homens prendem seu olhar de maneira tão dolorosa. Quanto a mim, considero o que qualificamos de real como a única coisa digna de nossa condição, e desde sempre prefiro a luz rígida do meio-dia aos vapores do entardecer, o rigor de uma verdade aos recônditos da mentira, a nudez aos adornos. Bem ao contrário, o que dilacerava meu coração era descobrir nas profundezas de minha infância algo completamente diferente de sonhos ridículos: paixões vivas e, por exemplo, a impossibilidade inata de pactuar com o que eu execrava; a certeza pueril de um dia ser totalmente capaz de dispor do mundo que se estendia diante de mim como um campo aberto; a incapacidade de aceitar o destino que me havia sido traçado e de apaziguar em mim uma ardente sede de exigências. Meu passado refletia de mim uma imagem estranha, cuja simples evocação lançava uma luz implacável sobre a minha insuficiência atual; parecia, de fato, que eu fazia de mim uma ideia pouco compatível com o que anos de auto-observação haviam me ensinado. Se na época sofri, foi menos por renunciar ao combate, na falta de inimigos, que por ver-me perseguido de perto por inimigos com os quais a sabedoria me aconselhava a não entrar ainda em luta aberta, sem armas eficazes o suficiente para confundi-los; no máximo, eu poderia exibir diante deles uma atitude de provocação e raiva puras ou ainda fustigá-los com um riso perfeitamente cortês. Mas, para mim, era um consolo pensar que, quando chegasse o momento tão desejado de passar ao ataque, quer dizer, quando eu por fim estivesse em condições de mostrar toda a minha força, minha agilidade e minha astúcia, conheceria a embriaguez da vitória. O que me restava dessa sólida confiança em mim mesmo, dessa volúpia de destruir, da agressividade mais ou menos disfarçada que eu dirigia contra aqueles que me faziam sofrer um constrangimento que eu odiava, da fascinação que exerciam sobre mim os conquistadores, os chefes de bando e os insurgidos – cujo exemplo despertava, sem eu mesmo saber, uma espécie de cumplicidade íntima –, do espírito naturalmente contestador que eu atribuía a todas as coisas? À medida que eu avançava na vida, minha indiferença ia crescendo, nenhum esforço parecia valer a pena, e, por conseguinte, minha avidez já não era dirigida como antes às ideias de revanche ou de conquista: ao contrário, ela aspirava ao que pudesse me livrar dela. Hoje, o tumulto dos combates me repugna e me cansa, e desejo a morte a quem me arranca à força de minha indiferença. Não começar nada, ficar acordado, esperar, ficar acordado...

Dito isso, devo evitar guardar a nostalgia sobre a qual acabo de falar como o elemento essencial do poder daquela música, que reside também noutras dimensões e seria imperfeitamente definido se eu me limitasse a destacar a perturbação, de importância secundária, que senti ao evocar o que outrora considerei como infinitamente precioso e necessário. Quis insistir nesse ponto apenas porque ele me pareceu constituir a única chave que me permitiria explorar uma parte, ainda que restrita, do conteúdo de uma emoção que, além do mais, era incapaz de projetar-se no contexto do mundo real. Sem dúvida, o que sobressaía era uma alegria tão forte que dava vontade de gritar, daquelas que dilaceram o homem quando ele abraça uma mulher há muito tempo desejada ou acaba descobrindo, após vigílias extenuantes, alguma verdade que o põe em contato com o que há em seu íntimo de mais impenetravelmente escondido. E o que significaria o maravilhoso alívio no peito, o ardente ímpeto do sangue, senão que a alegria triunfal que cantava aos meus ouvidos estava ali para apagar a falta capital que eu tinha cometido na véspera e da qual resultaram todo o meu sofrimento e meu desgosto? Não posso explicar de outro modo o desejo que senti de dar alguns passos: nesse momento, tinha a certeza de que a vergonha não me levaria mais a tropeçar sem querer, a estatelar-me no chão, com o rosto escondido na neve ou mal ousando abrir os olhos para o céu. Pela primeira vez naquela manhã, eu tinha uma sensação de bem-estar físico, meus membros estavam reaquecidos, eu me sentia fortíssimo, minhas articulações pareciam flexíveis, e resolvi testá-las ali mesmo. Enquanto eu caminhava em direção ao canal, notei com alegria que minhas pernas me obedeciam perfeitamente e se impacientavam para levar-me aonde eu quisesse.

Mas, antes de ir mais longe, eu quis dar uma última olhada no lugar onde tinha sofrido meu suplício. Naquela hora do crepúsculo, enquanto grandes flocos bem separados caíam no chão um a um, no ar límpido e gelado, pareceu-me importante guardar uma lembrança precisa. Virei-me, então, e vi a marca grotesca que meu corpo enrijecido pelo frio havia gravado na neve lamacenta e maculada com meu próprio sangue. Resolvi permanecer ali por um minuto, olhando a chaga cinza e rosa, cercada de manchas de fragmentos sangrentos, repulsiva como um abscesso numa carne sadia. Depois, desviei-me para lançar-me de novo com avidez na torrente de música que se amplificava aos poucos numa ascensão de majestade infinita. As respostas em ecos que as vozes se diziam entre si me pareciam apelos, e, por mais que eu quisesse, não poderia escapar à sua sedução. Aquelas vozes imperativas e cheias de uma solenidade selvagem ressoavam justamente para mim, apenas para mim, era a mim que chamavam, não havia como me enganar nem escapatória a buscar: elas me chamavam! No entanto, de brincadeira, fingi que não ouvia e continuei imóvel, olhando para baixo. Disse a mim mesmo que ainda era livre, que ainda podia dar meia-volta e escapar pela grade aberta, da qual apenas cerca de 50 metros me separavam, que, caso não me apressasse para sair do parque, talvez devesse renunciar a fazê-lo para sempre. Mas eu estava obstinado em ficar ali plantado, olhando ao redor sem mexer a cabeça: não seria confessar que havia compreendido muito bem, que era eu mesmo quem estavam chamando e que estava prestes a obedecer? O poder do encanto se tornava inacreditável; fiquei sem fôlego. E como ele alcançasse seu apogeu, senti uma vertigem apoderar-se de mim por trás e me empurrar para a frente. Consciente de minha fraqueza e, de resto, radiante, não lhe opus nenhuma resistência. À medida que me reaproximava do canal, podia ver diante de mim a água brilhar à luz pálida do amanhecer e dividir-se em torno da alta muralha, tão impenetrável, tão insignificante e tão anônima quanto um grande seixo ou a face de um rochedo. Já não me contentava em dar pequenos passos prudentes; corria literalmente na neve, com o risco de me machucar. Agarrava a balaustrada como um esfomeado agarra um alimento. Pareceu-me, então, que uma flecha fulgurante me transpassava o crânio atrás dos olhos, a água que cintilava debaixo de mim queimava-me as pálpebras, trazendo de volta o sangue às minhas têmporas.

— Chega! – gritei, soluçando. — Chega!

Depois de um canto como aquele, como posso ousar ainda abrir a boca?

Capítulo III

Agora, aguardo a pergunta que vocês têm na ponta da língua. Vamos lá! Mas, acreditem, primeiro é preciso deixar de lado a atitude hostil que não cai muito bem a vocês: ainda esperam me confundir? Cuidado, pois trago na manga a resposta certa para solapar todo o edifício de suas ironias. Aposto que estão balançando a cabeça com o sorriso malandro de quem não se deixa enganar. Estariam pensando que busco um último recurso na intimidação, por não conseguir escapar com habilidade de um passo errado? Nesse caso, cabe a vocês provar-me que não são dessas pessoas sugestionáveis que se deixam levar por manobras grosseiras. Mas, em primeiro lugar, um momento, por favor. Permitam-me pedir paciência a alguns ingênuos, supondo que haja entre vocês aqueles que, tendo tomado gosto pela narrativa de minhas aventuras e querendo aplacar a sede, interrogam-me, ofegantes, com os olhos saltados e a garganta seca... Vamos, é verdade que eu poderia ter me jogado no canal, não havia pensado nisso; também é verdade que poderia não o ter feito. Entretanto, seja qual for a simpatia que não posso impedir-me de sentir por quem se deixa atormentar por uma curiosidade tão legítima, e sem querer chocar ninguém, a verdade me obriga a dizer que essa questão me pareceria impertinente se não fosse, antes, absolutamente tola. Mas, é claro, longe de mim a intenção de deixar o mínimo que seja em suspenso: acontece que, para as perguntas mais variadas, tenho pronta a mesma resposta. Basta para tornar tudo mais simples e contentar a todos. Quanto aos que não perdem tempo perguntando-se aonde eu quis chegar — e se, por exemplo, joguei-me de cabeça na água gelada ou desviei-me com uma careta —, talvez eles gostassem de saber se é verdade que, depois de ter ouvido a música sublime, nunca mais ousei abrir a boca? Já estou vendo. O que os estimula é saber *de minha boca* o que já sabem. Cruel espetáculo o de um homem que se enrola nos fios de suas contradições à medida que procura desenrolá-los! Querem rir, não lhes darei esse prazer. Acreditam que vão zombar de mim, mas sou eu que vou zombar deles.

Imaginem um prestidigitador que, cansado de abusar da credulidade da multidão que entreteve até aqui com uma ilusão mentirosa, propõe-se num belo dia a substituir seu prazer de encantar pelo de desencantar, contra tudo o que em geral constitui o objeto da vaidade e com o risco de perder para sempre a vantagem que tirava de sua reputação de operador de milagres. Que ninguém se engane: não é por uma tardia porém louvável questão de honestidade que lhe vem o capricho de entregar cada uma de suas receitas com a fria minúcia de um relojoeiro que desmonta um relógio; não há tais escrúpulos, é simplesmente pela volúpia de destruir o que ele criou e de tirar o vigor do entusiasmo que havia instigado. Desse modo, ele exibe suas peças na mesa, dando um ar de vulgaridade às acrobacias mais sutis, deleitando-se em decepcionar quem tinha maravilhado, descendo de vontade própria do pedestal no qual seus crédulos o haviam colocado, espiando avidamente em seus olhos, que ainda ontem se arregalavam com uma admiração infantil, a primeira sombra da decepção, e ainda que na máscara triste de seus espectadores, esticada por um sorriso vazio, subsista o mais leve lampejo da fé, ele se apressa em apagá-lo com o mesmo cuidado com que na véspera procurou mantê-lo. Serei eu esse homem cruel e louco?

Em todo caso, não estou posando de vítima, mas prestes a reconhecer a legitimidade da maioria das acusações contra mim, e, se existe uma acusação à qual confesso facilmente dar razão, sem dúvida é a de falar sem pensar. É verdade que não parei de perorar a torto e a direito, sem medo de entrar em detalhes inúteis a meu respeito, que só interessavam a mim; é verdade que tentei várias vezes, por instinto de ator, fazer-me passar por alguém que não sou, emprestar-me sentimentos que nunca tive a ocasião de experimentar ou ainda atribuir-me ações que seria incapaz de realizar, para dar sabor a uma vida insípida; também é verdade que tive a audácia de renegar o que considerava mais importante e de louvar o que sempre declarei odiar. Com certeza vocês têm absoluta razão em achar que erro ao falar com um tom virtuoso sobre sinceridade, quando minha principal preocupação era distorcer a verdade para torná-la mais emocionante ou mais verossímil; enfim, não falo de minhas cambalhotas, de minhas contorções, de meus subterfúgios nem de minhas caretas. Está claro, sou um tagarela, um inofensivo e deplorável tagarela, como o são vocês mesmos; além disso, como todos os tagarelas, ou melhor, como todos os homens, sou um mentiroso. Mas em que isso os autoriza a me repreender duramente pelo mal de que vocês mesmos padecem? Não podem pedir que eu fique em meu canto, silencioso e modesto, ouvindo as pessoas se contentarem com palavras vãs, pessoas essas que – tenho o direito de pensar – não têm mais experiência nem mais capacidade de reflexão do que eu. Qual de vocês vai atirar a primeira pedra em mim?

A verdade é que vocês parecem dispostos a me deixar com essa consciência pesada. Quando se tem vergonha de ser um tagarela, dizem vocês, o melhor é calar-se. Concordo. Mas seria essa lastimável necessidade que temos em comum um vício que dá aos que não ruborizam o direito de me julgar? Tenho a fraqueza de acreditar que mais vale a minha consciência, ainda que pesada, do que a cegueira de vocês. Seria mesmo verdade que, iluminado pela beleza daquela música, pronunciei um voto segundo o qual eu me comprometia a manter um silêncio decente? Seria eu, portanto, uma espécie de vil perjuro? E se vocês me lembrarem oportunamente da vergonha sofrida depois de minha grande crise só para fingir surpresa com o fato de ela não ter bastado para corrigir meu vício, eu lhes responderei... O que responderei? Nada é mais fácil para mim do que interrompê-los em sua pobre intervenção. Não é minha culpa se essas chicanas me fazem sorrir. Resta saber se ouvi a música direito e se de fato senti vergonha. Responderei, portanto, que isso não é uma razão, pois me esforcei para descrever uma e outra com precisão, para que sua autenticidade nunca possa ser contestada por ninguém nem, em primeiro lugar, por mim mesmo. Não teria eu a imaginação um pouco mais rápida do que a memória? Vocês acham que, mesmo assim, estou exagerando: fingir duvidar das próprias afirmações, eis o cúmulo da impertinência ou da má-fé. E se eu não simulasse essa incerteza, se não duvidasse, se soubesse perfeitamente o que me espera quanto à veracidade de meus propósitos e, por fim, se a tagarelice não passasse de uma mentira? Com raiva, vocês virariam as costas para mim: "Ora, vá para o inferno!". Nunca é demais exortá-los a considerar a situação com sangue-frio.

Não se preocupem por ter perdido tempo ouvindo mentiras, pois tiveram o privilégio de assistir a uma crise de tagarelice, o que por certo foi mais instrutivo do que ler seu relato, ainda que livre de qualquer intenção literária. Tenham a boa vontade de não se irritarem por eu ter abusado de sua credulidade, misturando à revelia algumas verdades em meio a tantas mentiras que lhes ofereci como verdades, imaginando, com razão, que as primeiras não se distinguiriam em nada das últimas. Estou absolutamente preparado para me desculpar em público com quem enganei de forma abusiva. Posso assegurar-lhes que pouco me importa ter a última palavra. Peço apenas que me seja permitido explicar-me com tranquilidade a respeito de um caso que também pode ser o de alguns de vocês. Creio que nos entenderemos, desde que me concedam tempo para retroceder e retomar tudo desde o início, a fim de dissipar de uma vez por todas esse interminável mal-entendido e mostrar que ele não estava fundado em nada de tão sério quanto poderíamos acreditar.

Quem não teve, ao menos uma vez na vida, vontade de elevar a voz, não com a intenção razoável de encantar um auditório nem com a pretensão de instruí-lo, mas só para satisfazer o próprio capricho? Como eu disse no início, ainda é preciso que ele acredite piamente que será ouvido em algum lugar — e, como mostrarei mais adiante, que empregue muita astúcia para assegurar a benevolência do ouvinte, motivando-o a descobrir o que vai dizer: há para quem fala uma estranha fonte de encorajamento no rosto humano à sua frente. Não que seja indispensável ter grande coisa a dizer, e pode-se até mesmo não ter estritamente nada a dizer: não vejo por que reclamariam ao me ouvirem sustentar que falar e exprimir-se são coisas incompatíveis. Será que existe alguém desonesto o suficiente para pretender que só abre a boca para comunicar um pensamento e emitir o timbre encantador de sua voz? Farsante! Ao abrir a boca, você pode até não saber o que vai dizer, mas a convicção de que encontrará a profusão necessária de palavras nas circunstâncias e na agitação que elas provocam em você lhe dá a ousadia para começar ao acaso: o importante é saciar, de imediato, a necessidade de tagarelar. Costuma acontecer de as palavras responderem com prontidão a seu apelo. Mas também pode acontecer — e aqui nos referimos a meu caso pessoal — de as palavras continuarem recalcitrantes e você sentir uma angústia comparável à de um paralítico que quer fugir diante de um perigo iminente. Sei bem que alguns aceitam mal a incapacidade de satisfazer essa necessidade; outros mantêm a circunspecção, contando mais ou menos sinceramente com o acaso para se livrarem delas, esperando de maneira totalmente passiva a cura de sua enfermidade e familiarizando-se aos poucos com ela, quando não tentam vendê-la como uma força da alma. Nesse caso, fingem que é fútil julgar um desejo que sua impotência os impede de satisfazer.

Quando morro de vontade de falar, não penso em me obrigar a ficar calado; no entanto, a menor de minhas preocupações — e digo isso sem afetação — é tornar públicas minhas efusões ou esvaziar minha alma num ouvido amigo. Nada é mais estranho para mim do que o cuidado de alguns homens em expor aos olhares de todos o conhecimento que têm de si mesmos. Entretanto, é inútil esperar abrir a boca se você não consegue vencer a aversão profunda às luzes do palco. Se está condenado a subir no tablado, é preciso resignar-se em representar o charlatão. De minha parte, não professo modéstia: para mim, é indiferente exibir-me ou ficar na sombra; nenhum escrúpulo me impedirá de criar armadilhas à boa-fé de meus ouvintes se eu julgar que o interesse que minhas mentiras despertaram neles me ajuda a satisfazer meu vício.

Não, o que me preocupa é de ordem inferior. Para começar, será que minha imaginação não vai falhar? Onde encontrarei matéria para exercitar minha verve? Pois todo mundo entenderá que não posso me limitar a abrir a boca para produzir sons inarticulados nem para alinhar arbitrariamente palavras sem sequência: eu já disse, e não retornarei ao assunto, que um tagarela nunca fala no vazio; ele tem a necessidade de ser estimulado pela convicção de ser ouvido, mesmo que de forma mecânica. Ele não exige réplica, mal procura estabelecer uma relação vital com seu interlocutor. Se é verdade que sua loquacidade cresce até a mais louca exaltação diante do assentimento ou da contradição, pelo menos ela se conserva de maneira muito honrada diante da indiferença e do tédio.

Portanto, eu era movido pela angústia em que me mantinha a impossibilidade de dar o primeiro passo; por mais que me esforçasse para me recolher e fechar os olhos – como um pregador que se apressa em entabular um longo sermão –, a fim de extrair do silêncio a inspiração e ganhar o tempo necessário à fabricação de uma lembrança plausível e fértil em desenvolvimentos, todas essas tentativas só me levavam a confirmar a opinião de que minha imaginação era seca e fria. Entretanto, meu desejo se fazia mais veemente, e a ambição de competir com aqueles cuja eloquência eu invejava queimava minha garganta; não mais do que por orgulho, eu não queria renunciar por impotência a uma atividade à qual queria me dedicar com tanto afinco. Então, tive essa iluminação de que o que eu buscava tão longe estava ao alcance da mão. Falaria de minha necessidade de falar.

Mas como eu poderia dar cabo dessa tarefa com serenidade? Abrir-se para pessoas mal-intencionadas e deliberadamente inclinadas a só perceber em torno de si o que há de mais vil e corrompido nunca foi algo muito agradável. A confissão de um vício que ninguém ousa reconhecer secretamente como seu só pode prestar-se a comentários irônicos da parte dos mais hipócritas e a estimular nos mais maldosos uma série de imprecações desenfreadas. Não é loucura arriscar a própria reputação e expor-se aos sarcasmos apenas pela volúpia de tagarelar? Por conseguinte, cabia só a mim embaralhar por alguns instantes a pista que eu havia cuidadosamente traçado. O que me impedia de dar alguns retoques a uma verdade cujas virtudes explosivas eu receava? Por que teria o escrúpulo de desenhar de mim mesmo apenas uma imagem semelhante e, portanto, desprezível, quando podia torná-la digna de piedade, invocando habilmente a doença como pretexto para a irresponsabilidade? Meu maior cuidado foi, então, em primeiro lugar, oferecer à comunicação de fatos inteiramente inventados uma aparência de rigor e lógica, de modo que pudesse parecer a meu interlocutor que, obedecendo escrupulosamente aos dados seguros, fornecidos por minha memória, nunca cedi às tentações da imaginação nem consenti que se atribuísse um caráter lúdico às engrenagens de minha narrativa; em segundo lugar, dotar de uma vida aceitável algumas figuras apenas fictícias (a começar por aquela que eu oferecia como minha), que eu transformava em atores ou figurantes de uma aventura na realidade construída toda em virtude das necessidades de minha causa, tomando cuidado para não deixar em torno delas nenhuma sombra suspeita que pudesse fazer com que duvidassem, ao mesmo tempo, de sua autenticidade e de minha boa-fé. Para melhor convencer meus leitores mais exigentes, eu simulava renunciar a alguns efeitos, destinados mais a valorizar a habilidade do autor do que a abraçar a verdade de perto; renunciava também aos bons movimentos de eloquência, que em geral caracterizam as defesas e os sermões, às minhas receitas pessoais, das quais, noutras ocasiões, teria sabido tirar proveito com sucesso. Vale lembrar que, com uma ostentação que bem poderia parecer uma modéstia excessiva, não deixei de ressaltar a nudez voluntária de minha forma, e fui o primeiro a lamentar hipocritamente que seu caráter um tanto monótono fosse a inevitável contrapartida da honestidade. Mas fingir renunciar aos artifícios *também* era um artifício, e dos mais dissimulados. Se às vezes me acontecia de mentir, era só para, em seguida, poder confessá-lo humildemente: sem dúvida, eu tinha uma tendência deplorável a me servir de evasivas, a contar disparates para esconder ou postergar o que não ousava dizer; porém, com remorso, logo me emendava, pois não era inspirado por más intenções; podia-se confiar num homem visivelmente preocupado em não incorrer no defeito que, bem ou mal, todos nós temos de disfarçar a verdade. (Permitam que eu me surpreenda, de passagem, com o fato de nenhum de vocês jamais ter se preocupado em erguer o véu com que tenho o pudor ou a covardia de envolver-me. Vocês sabem, ao menos, quem lhes diz essas coisas? No entanto, acolhem com mais benevolência e estima um homem que se apresenta de forma modesta dizendo seu nome; com efeito, há certa nobreza em oferecer-se à crítica como uma vítima resignada. Serei um homem, uma sombra ou nada, absolutamente nada? Por ter tagarelado tanto tempo com vocês, terei ganhado volume? Vocês me imaginam provido de outros órgãos além da minha língua? Podem identificar-me com o proprietário da mão direita que dá forma às letras presentes? Como saber? Não esperem que ele se denuncie por conta própria. Quem não preferiria, em seu lugar, preservar o anonimato? Estou certo de que ele protestaria com sincera indignação se eu tentasse abandoná-lo à cólera de uns e ao desprezo de outros. Será que ele sabe de que sou feito, admitindo-se que eu seja feito de alguma coisa? Ele pretende permanecer alheio a todo esse debate e lava as mãos em relação aos meus erros. Não poupem esforços para reivindicar, em alto e bom som: "Autor! Autor!". Aposto que ele não mostrará nem a ponta do nariz. Conhecemos a covardia de gente desse tipo. Agora, pergunto-lhes: o que vocês fariam com uma etiqueta que cobre uma mercadoria duvidosa? Supondo que já saibam o nome, a idade, os títulos e as qualidades de quem não deixou de mentir a vocês a respeito de si mesmo, no que estariam vocês mais à frente? Como nada do que ele disse sobre si mesmo era verdadeiro, é possível concluir que não existe.)

Não tenho a vaidade de acreditar que consegui conquistar a adesão de vocês, nem pelo tom seguro que me esforcei para manter até o último momento, nem pelo estabelecimento, na verdade bastante trabalhoso, de uma trama lógica entre os episódios de uma aventura que se mostrou inverossímil demais. Se eu soubesse, por exemplo, impor à credulidade de vocês minhas dissertações sobre o caráter clínico de meu vício, já me daria por satisfeito. Alguém conseguiu conter o riso ao me ouvir falar do que qualifico pomposamente de crise? É inútil observar que jamais sofri crises dessa espécie. Elas só serviram para mascarar minha vergonha de ser atormentado por um vício pouco inebriante, ao qual me desagrada pensar que nos entregamos com o mesmo frenesi. Não vão, agora, imaginar que menti com tamanho descaramento pelo prazer grosseiro de ver vocês darem crédito a meus propósitos mais fantasiosos; não foi sem longas discussões que consenti em preparar armadilhas à boa-fé de vocês, e essa confissão é prova disso. Minha única preocupação, que deveria bastar para me inocentar de toda acusação de duplicidade, foi despertar o interesse de vocês e entretê-los fazendo uso de alguns efeitos enganadores, cujo único objetivo era conduzi-los com segurança aonde eu queria levá-los, ou seja, até aqui. Mas espero que vocês me perguntem por que me empenhei com fervor tão estranho em revelar minhas trapaças e, supondo que vocês não tenham nenhuma intenção de me fazer uma pergunta como essa, tenho alguma razão em pensar que a farão quando eu não estiver mais aqui para responder. Portanto, respondo agora mesmo, e isso ao menos terá o efeito de me resguardar da suspeita injusta de evitar o que me constrange, dando-me, ao mesmo tempo, a oportunidade de satisfazer o pouco de vontade que me resta de tagarelar. Eu poderia responder que um remorso tardio me levou a desvelar o que tanto me empenhei em velar; que meu horror natural pela mentira finalmente triunfou sobre minha vergonha; que, de repente, pareceu-me inaceitável manter no equívoco os leitores que fizeram a gentileza de me seguir até aqui. Eu também poderia responder, atribuindo-me sentimentos menos nobres, que sentia uma espécie de deleite perverso ao acabar por conta própria com as ilusões de quem eu enganava; que gosto de exibir meus vícios ou que gostava de ser vilipendiado por quem eu havia atraído com falsas iscas. Além disso, eu poderia evocar o prazer pueril que costumamos experimentar ao destruir o que, à custa de um trabalho sem trégua, conseguimos construir com as próprias mãos. Mas, claro, seria mentir de novo. A verdade é que, por falta de imaginação, mas ainda pouco desejoso de me calar, não encontrei nada melhor do que revelar minha fraude aos que dela foram vítimas, e vocês viram que eu não estava muito disposto a poupá-los de nenhum detalhe. Só me lancei avidamente nesse novo assunto porque nada mais tinha que me permitisse alimentar minha estúpida e desgraçada paixão. O risível substituía o patético. Seja como for, eu permanecia firme – e o essencial: falava, falava e falava. Que satisfação! E ainda falo.

Julgam-me com severidade. Sou desagradável e sei bem que, ao procurar as causas do desprazer de vocês, só posso desagradar-lhes ainda mais. Mas não é apenas a insolência, a falta de jeito e de modéstia, tampouco a predileção pela sinceridade ou pela perspicácia – embora haja um pouco de cada uma dessas coisas – que me depreciam aos olhos de vocês. Por que me expus quando poderia ter ficado quieto como todos os demais? Por que atraí a atenção para mim? Por que, neste momento, estou inscrito na primeira lista de inimigos? Sacrifiquei pelo meu vício as doçuras da escuridão; com uma ficção erudita, tentei ludibriar vocês e, com a provocação, encobrir minha própria inutilidade e, ao mesmo tempo, justificar minhas contradições – foi um jeito hábil de desviar a atenção e embaralhar as cartas. Além disso, quando ao final reconheço, por exemplo, que de fato nada tenho a dizer, vocês notam no tom da minha voz algo parecido com o orgulho. E, mesmo agora, reavivo a hostilidade de vocês, buscando ver claramente em mim mesmo: vocês julgam como ostensivo quem examina as próprias imperfeições com certa preocupação de objetividade: para vocês, é evidente que levo em conta meus dons de perspicácia, e isso também é odioso. Desse modo, se eu tivesse alguma imaginação, seria obrigado a falar de qualquer coisa, menos de mim mesmo. Talvez agora eu perceba muito bem a imagem desprezível que podem fazer de mim. Ouço perfeitamente as histórias maliciosas que vão contar e, à medida que reúno argumentos especiais em minha defesa, aos olhos de vocês pareço mais odiável, mais desprovido de grandeza. Mas pouco importa se estão irritados com minha preocupação constante em me descrever e me detalhar; tudo o que eu poderia dizer, que só exprimirá minha pretensão, será sempre suficiente para reconhecer que estou errado, quer eu examine meu caso com seriedade, quer adote um tom de brincadeira. Não importa o que eu diga, minhas palavras seriam absolutamente inofensivas. Meu modo de falar sempre levará vocês a me criticar. Pensam que sou um impostor, um presunçoso, um provocador, um canalha, o que mais posso dizer? Um preguiçoso que se abandona à facilidade. Vocês não aguentam mais ouvir minhas histórias, odeiam cada palavra que sai de meus lábios, é mais forte do que vocês. Entretanto, como eu já disse, não sinto nenhum prazer em me transformar em objeto de repulsa, tampouco em rolar na poeira a seus pés. Pouco importa se isso deixou de ser normal, mas me entreguei a outro prazer completamente diferente, ou seja, o de falar, e vocês estão vendo que eu não paro de falar.

Entretanto, assim como surge um momento em que a chama mais viva se contorce, perde força soltando fumaça e tremula até apagar-se, com o tempo, o tagarela mais inveterado também experimenta uma irritação crescente no fundo da garganta; seus olhos se turvam por terem fitado demais os de seu interlocutor, nos quais buscavam, sem êxito, reanimar um lampejo de interesse. Ele já não sabe muito bem o que tinha a dizer nem como dizê-lo, e deseja um descanso reparador, de modo que nele se produz o que ele mal poderia prever e que o outro havia desistido de esperar. O silêncio — esse silêncio pelo qual ele experimenta um misto de terror e afeição, determinado apenas pela aproximação de uma coisa ao mesmo tempo atraente e perigosa, prestigiosa e temida; o silêncio de leis áridas, às quais jamais se permitiu curvar-se, que não deixou de odiar, porém às quais permanece ligado por uma nostalgia dolorosa –, ele se surpreende por desejá-lo em segredo, mesmo que uma ponta de orgulho ou de temor respeitoso ainda o impeça de dar o primeiro passo (e é com um alívio festivo que o outro descobre em seu carrasco os sinais de cansaço, que também são os de sua própria libertação). Todavia, conhecendo sua covardia, como ele poderia esperar ter alguma satisfação passando tanto tempo numa terra triste e deserta da qual não gosta? De certo modo, ele se vê como um homem que, acreditando ter feito tudo para conjurar a sorte contrária, deve render-se à evidência de que a partida está, de fato, perdida: nas condições em que ela se conclui, não lhe resta sequer o orgulho de tê-la jogado.

Portanto, vou me calar. Calo-me porque estou esgotado de tantos excessos: essas palavras, essas palavras, todas essas palavras sem vida que parecem perder até mesmo o sentido de seu som apagado. Pergunto-me se ainda há alguém perto de mim a me ouvir? Já faz algum tempo, tenho a impressão de persistir num monólogo ridículo e fútil, num lugar de onde o público decepcionado se retirou dando de ombros, mas minha infantilidade é tão grande que me regozijo com a ideia de que minha revanche consistirá em deixar o público para sempre sem saber se eu ainda mentia quando alegava mentir. O que mais posso dizer? Não estou à altura de meu vício; aliás, nunca me gabei de estar. Mas, de modo geral, consegui o que queria. Livrei-me de um peso, e que não venham me dizer que não valeu a pena. Agora estou cansado. Podem ir, senhores, pois estou lhes dizendo que não impeço mais ninguém de ir embora!

Ensaio: A palavra vã
MAURICE BLANCHOT

Não farei aqui o "papel de crítico". Eu teria até renunciado, com um movimento sobre o qual não devo explicações, a toda palavra que pudesse parecer comentário, se não tivesse me lembrado de algumas que me foram ditas, pouco antes de sua morte, por Georges Bataille sobre *O tagarela*: essa narrativa lhe parecia uma das mais perturbadoras já escritas. Ele a sentia próximo de si, como é próxima uma verdade que desliza e nos arrasta em seu deslizamento. Talvez tenha sido uma de suas últimas leituras, mas, como ele mesmo quase já não desejava escrever, perguntou-me, sabendo o quanto essa narrativa tocava também a mim, se um dia eu não poderia falar sobre ela. Fiquei em silêncio. Um silêncio que hoje é comum a nós dois, mas do qual apenas eu posso me lembrar. Devo tentar responder a ele dando uma espécie de prosseguimento a esse encontro.

*

O tagarela é um texto encantador, embora sem magia. Para começar, direi que é, para nós, para as pessoas de uma era sem ingenuidade, o equivalente a uma história de fantasmas. Algo de espectral o habita; nele ocorre um movimento que dá origem a todas as aparições. Só precisamos compreendê-lo em sentido estrito: uma pura narrativa de fantasmas, na qual até mesmo o fantasma está ausente, de modo que quem lê não consegue ficar de fora dessa ausência e, assim, é convocado ora a sustentá-la, ora a dissipá-la ou a sustentá-la ao se dissipar nela por meio de um jogo de atração e repulsa, do qual não escapa ileso. Pois aquilo que vem nos assombrar não é uma ou outra figura irreal (que prolonga para além da vida o simulacro da vida), mas a irrealidade de todas as figuras, uma irrealidade tão extensa que toca tanto o narrador quanto o leitor e, por fim, o autor em suas relações com todos aqueles com os quais ele poderia falar a partir dessa narrativa. Parece-me que, ao entrar nesse espaço onde cada acontecimento é, ao mesmo tempo, sua ausência e onde o próprio vazio não é certo, só podemos ouvir um leve riso sarcástico, cujo eco – o suave eco – não se distingue de um lamento qualquer, ele próprio pouco distinto de um ruído insignificante ou de uma ausência insignificante de ruído. No entanto, quando tudo desaparece após uma amarga despedida, resta um livro, rastro que não se apaga, recompensa e castigo do homem que quis falar em vão.

A narrativa se intitula *O tagarela*, que poderia ser o título de um fragmento de La Bruyère, mas *O tagarela* não é o retrato do tagarela. Tampouco estamos diante de um desses personagens de Dostoiévski, falantes inveterados que, num desejo de confidência provocadora, a todo momento se fazem passar pelo que de fato são para melhor calá-lo, ainda que a força extenuante das *Memórias do subsolo* sempre reapareça aqui. Ao procurar um ponto de apoio, ficaríamos mais tentados a evocar um movimento semelhante, que atravessa a obra de Michel Leiris e, particularmente, a página de *L'Âge d'homme* em que o escritor não encontra outra razão para sua propensão a confessar-se além da recusa de nada dizer, mostrando que a palavra mais irreprimível, aquela que não conhece limite nem fim, tem por origem sua própria impossibilidade. Aqui, quando nos convida de maneira claramente tendenciosa a descobrir quem ele é, o narrador descreve para nós esses indivíduos que sentem a necessidade de se exprimir, mesmo não tendo nada a dizer, e talvez por causa disso digam mil coisas, sem se preocuparem com a anuência do interlocutor, da qual, no entanto, não podem abrir mão. Onde está a diferença entre os dois textos? *O tagarela* diz "Eu", e Michel Leiris também diz "Eu". *O tagarela* é o narrador. O narrador é, à primeira vista, o autor. Mas quem é o autor? Qual é o estatuto desse "Eu" que escreve e escreve em nome de um "Eu" que fala? O que há de comum entre eles, admitindo-se que, durante todo o curso da narrativa, a relação entre um e outro e o significado de um e de outro não mudem? Enfim, a pessoa real — supondo que haja alguma identidade apreensível e que possamos, como se diz, encontrá-la na rua, o que não seria de modo nenhum uma prova — sim, o homem real cujo nome oferece um nome e uma responsabilidade às obras editadas com seu nome, este que, também ele, diz "Eu" utilizando um modo de expressão oral (mesmo quando ele se reduz ao mutismo), qual é, nesse intercâmbio, sua verdade? Trata-se, de fato, dele? É ele que está em questão? Qual é a sua parte de presença? Essa presença consegue sustentar todo o vazio do conjunto? Ou, ao contrário, se perde de forma invisível? Engajando-se numa ficção que não é fictícia senão de maneira ambígua, em que medida ela não se torna, por sua vez, ficção, privada da garantia que deveria nos oferecer, e levando-nos a essa busca de uma caução que nunca vem? Aparentemente, o "Eu" de Michel Leiris resiste melhor. Ficamos com a impressão de poder interrogá-lo e até de poder pedir-lhe satisfação; alguém responde ao que ele afirma; há uma promessa e como que um juramento de dizer a verdade, do qual extraímos fé e certeza para nós mesmos. Ainda que, em sua indefinida tarefa de verdade, o autobiógrafo jogue o jogo mais perigoso com as palavras e se aprofunde na espessura do espaço linguístico, com o risco de nela se perder, e mesmo que dele nada mais se manifeste sob uma luz ainda pessoal, o pacto permanece, reforçado, porém, pela dificuldade da tarefa e por seu movimento ilimitado. Nesse sentido, Michel Leiris doa a nós, leitores, a segurança de que ele se priva. Eis a sua generosidade: encontramos nosso conforto — nosso chão — onde ele mesmo se expõe e talvez se perca.

Desconfio que um livro como *O tagarela* seja de um niilismo quase infinito, e, de tal modo, que ele vai na direção da desconfiança com a qual gostaríamos de delimitá-lo. De fato, ele é o niilismo da ficção reduzida à sua essência, mantida o mais próximo possível de seu vazio e da ambiguidade desse vazio, provocando-nos não para nos imobilizar na certeza do nada (isso seria um descanso fácil demais), mas para nos unir, pela paixão do verdadeiro, ao não verdadeiro, esse fogo sem luz, essa parte do fogo que queima a vida sem iluminá-la. O respeito da ficção, a consideração da força que nela existe, força nem séria nem frívola, a potência indefinida de expansão e desenvolvimento, e indefinida de restrição e reserva, que lhe pertence, sua aptidão a tudo contaminar e a tudo purificar, a nada deixar intacto, nem mesmo o vazio com o qual gostaríamos de nos deleitar, eis o que fala em um livro como esse e o que faz dele um livro enganador e traidor, não porque nos trate com deslealdade, mas, ao contrário, porque denuncia a si mesmo, incessantemente, em suas artimanhas e em sua traição, exigindo de nós, em virtude do rigor que nele vemos, uma cumplicidade sem limites até o fim. Quando nos vemos comprometidos, ele volta atrás, mandando-nos embora.

Voltando ao ponto inicial, isso explica o caráter espectral da história e, talvez, de toda história que busca reunir-se em seu centro: a narrativa da narrativa. Essa ambiguidade — a presença fantasmática — tem vários níveis ou aspectos. Designo-os sem método, tal como os encontro em minha lembrança. Tudo começa pela fraude que introduz o modo de narração em primeira pessoa. Nada mais seguro do que a certeza do "Eu". Viver em primeira pessoa, assim como fazemos ingenuamente, é viver sob a garantia do *ego*, cuja íntima transcendência parece inatacável. Mas, se o "Eu" de *O tagarela* nos atrai de maneira insidiosa, é graças à sua ausência. Não sabemos a quem ele pertence nem de quem é testemunha. O eu que narra se desfaz tão logo um mundo começa a ser construído ao redor dele com materiais sólidos. Quanto mais ele nos convence de sua realidade (e da realidade das experiências patéticas que nos confidencia), mais irreal ele se torna; quanto mais irreal ele se torna, mais se purifica e, assim, afirma-se de acordo com o código de autenticidade que lhe é próprio; por fim, quanto mais nos mistifica, mais nessa mistificação devolve-nos a nós mesmos e entrega-se a nós, que não temos autoridade para aplicar ao acontecimento um julgamento de valor ou de existência. E, vale notar, não é por ser um fabulador e inventar inúmeras histórias para nutrir sua paixão tagarela que o Eu de *O tagarela* se desfaz e nos engana; é pelo fato de esse Eu Mesmo já ser, por si só, uma fábula, que ele precisa nos contar histórias, tentando recompor--se nelas e, talvez, prendendo nossa atenção por meio delas e mantendo obscuramente uma relação com o verdadeiro em virtude da indecisão de sua própria mentira.

Quando a franqueza se torna ato de falsidade, quando está claro que o jogador trapaceia a fim de denunciar-se como trapaceiro, mas talvez também para fazer da evidência uma trapaça, é preciso pensar bem no gênio maligno, para o qual nada há em nós que se torne suspeito, pensamento que essa própria suspeita nos proíbe de pensar verdadeiramente.

*

De fato, em outro nível se encontra a ambiguidade, que desempenha seu papel. O tagarela é um homem solitário, mais solitário do que se estivesse fechado na solidão de um silêncio. É um mudo que dá expressão a seu mutismo, empregando-o em palavras e utilizando a palavra em simulacros. No entanto, seu "Eu" também é tão poroso que não consegue permanecer apenas em si mesmo; ele faz silêncio por todos os lados, um silêncio que tagarela para melhor se dissimular ou melhor zombar de si mesmo. Apesar disso, essa solidão tem necessidade de encontrar a quem falar. É preciso que alguém complacente e tácito a ouça e, por meio de sua atenção, seja capaz de orientar para um ponto determinado a torrente de palavras que, do contrário, não escoaria. Trata-se de uma troca muito ambígua. De início, não há troca. Não se pede ao ouvinte que ele tome parte na conversa — muito pelo contrário; pede-se apenas que se vire para..., se interesse por...; nem isso: que finja interesse, e um interesse gentilmente calculado. Quem ouve demais indispõe o homem que quer apenas tagarelar, isto é, falar demais, usando de uma superficialidade com a qual não se ilude nem pretende iludir. O tagarela não deixa de dizer que é apenas um tagarela e, no fundo, nunca diz outra coisa, seja para antecipar e desviar a queixa, seja por uma necessidade de se identificar com uma palavra sem identidade, como se desejasse anular sua relação com o outro quando o faz existir, lembrando (implicitamente) que, se ele desabafa, o faz por meio de uma confidência não essencial, endereçada a um homem não essencial, utilizando uma linguagem sem responsabilidade e que recusa qualquer resposta. Eis a razão para o mal-estar do "interlocutor", que também se sente inoportuno, indiscreto, culpado, privado de ser e de todo poder de se recompor enquanto se distancia, pois uma coisa é certa: não se abandona um tagarela; essa é até uma das raras experiências da eternidade reservadas ao homem comum.

Nessa conversa infinita, o outro, ao lado do falante incansável, não é exatamente outro, mas um duplo; não é uma presença, mas uma sombra, um vago poder de ouvir, intercambiável, anônimo, o sócio com o qual não se forma uma sociedade. Ora, graças à pressão da narração tagarela, o duplo que nela representa esse papel o faz por duas razões, uma vez que é não apenas ouvinte, mas também leitor de uma história na qual já se vê representado como pseudopresença, presença mentida e finalmente mentirosa, reflexo de um reflexo num espelho de palavra. Assim – dirão – é todo leitor. O leitor de todo livro é para o autor o infeliz companheiro a quem só se pede que não fale, mas esteja presente, à distância e mantendo distância, puro olhar, ou seja, pura compreensão, sem história nem personalidade. Ao ler *O tagarela* – pois somos esse leitor que faz o papel de um duplo e o desdobra em escrita com um ato de repetição que, de maneira imprecisa, solicita alguém que possa repeti-lo por sua vez e, da mesma forma, buscar um repetidor talvez definitivo –, muitas vezes o monólogo parece exaltado, colérico e controlado. Nele, tudo é feito para irritar e seduzir, decepcionar e apaixonar; depois, apaixonar pela promessa que frustra, alternância de um sentido que se dá e de um sentido que se retoma até o apagamento final, ele próprio pouco apagável. Esse monólogo, do qual a narrativa de Camus (*A queda*) parece ter tomado algo de empréstimo, dá-nos a ideia mais contundente das relações ambíguas entre leitor e autor. Relações perversas desde o início, se tudo permite pressentir que o homem que fala (e, sob ele, escreve) não tem outro interlocutor além de si mesmo. "Olho-me com frequência no espelho." Essas primeiras palavras revelam muito: o homem que nos fala o faz apenas a si mesmo, e o homem que fala consigo mesmo à maneira como alguém se olha – palavra quase não dividida e, por isso, sem esperança de unidade – está à procura de sua diferença, que só o torna diferente de si mesmo, sobre um fundo de indiferença no qual tudo corre o risco de perder-se.

*

Creio ser necessário especificar: é difícil ver uma obra que, com os desvios de uma técnica sutil, consiga introduzir melhor, como personagem, o leitor dessas narrativas nas próprias narrativas. Prepara-se uma armadilha na qual ele é capturado, quer ele caia, quer não. Penso, sobretudo, no texto intitulado "Dans un miroir" [Num espelho][1]. Assim como, da realidade, só conhecemos o que nos oferece a criança-adolescente na versão fictícia, redigida para sua prima (adulta), que desempenha um papel preponderante e não pode deixar de se reconhecer nessa ficção, ao mesmo tempo que se recusa a fazê-lo; e assim como essa prima, leitora da ficção, em certo momento inverte

---

1   Um dos quatro contos que compõem o livro *La Chambre des enfants* (Paris: Gallimard, 1960) [TODAS AS NOTAS SÃO DO AUTOR].

as respectivas posições dos personagens e revela que o jovem redator, aparentemente espectador irreverente, mas objetivo, na verdade entrou em cena de forma fictícia, com o nome de um dos atores principais da história (a fim de, por meio dessa comunicação indireta, melhor revelar seus desejos secretos, sem confessá-los), o leitor do conjunto não pode manter-se à distância, simplesmente porque tem de determinar o sentido do que vê "no espelho", e o que ele vê também é o que deseja, o que o repugna ver, sua propensão na própria recusa.

Contudo, se um movimento tão malicioso aparece para nós não só como um estratagema hábil, e se nele nos sentimos capturados como em um jogo não apenas refinado, mas também angustiante, é porque as relações estabelecidas pelo autor com o leitor — relações que qualificarei de estrangulamento, nas quais cada um, sem demonstrar e com uma gentileza fria, segura o outro pelo pescoço — são, de partida, as do autor consigo mesmo, um meio para ver-se tal como se veria se, em vez de escrever, lesse e, lendo, lesse a si mesmo. Mas isso não é possível. No máximo, uma vez terminada a obra, quem a concluiu é expulso dela, enviado para fora e, a partir de então, incapaz de encontrar o acesso a ela e, de resto, já sem vontade de retornar a ela. Somente durante a tarefa da realização, quando o poder de ler ainda é todo interior à obra que se realiza, o autor, que ainda não existe, pode se desdobrar num leitor ainda por vir e buscar, pelo viés desse testemunho escondido, verificar o que seria o movimento das palavras readquirido por alguém que seria apenas ele mesmo, isto é, nem um nem outro, mas a verdade única do desdobramento. Disso resulta, no curso dessas narrativas, não obstante pouco extensas, uma reviravolta constante de perspectivas, que as prolonga indefinidamente, mas de maneira irreal, como se nelas tudo tivesse sido visto – ouvido – por uma existência virtual, sobre cuja identidade não podemos nos pronunciar, uma vez que ela quase não tem identidade e, em todo caso, escapa do narrador, que gostaria de se recompor nela.

Disso também resulta – sobretudo em "Une Mémoire démentielle" [Uma memória demencial][2] – a distância que se aprofunda sem cessar e, ao mesmo tempo, é suprimida entre o acontecimento, a tentativa de se lembrar dele, a decisão de fixá-lo por escrito e, depois, em cada um desses níveis, o desdobramento dos diversos atos em outra realidade, uma realidade secundária, que podemos chamar de puramente negativa, embora decisiva. (Talvez o acontecimento não tenha acontecido, talvez tenha sido apenas sonhado, mas, como tal, não deixou de ocorrer; o que a memória perdeu não apenas é esquecido, mas também encontra na impossível lembrança e no impossível esquecimento a própria medida do imemorável, como se esquecer fosse aqui a única maneira justa de guardar na memória o que talvez não tenha acontecido; enfim, a presunção do escritor, quando em certo momento sacrifica a busca infinita da verdade – a evocação do acontecimento original – pela conclusão de uma obra capaz de durar, esse modo de prolongar orgulhosamente, em forma de livro durável, uma não lembrança para sempre desaparecida e, ademais, destinada a continuar secreta e silenciosa – o próprio ato de manter silêncio –, também é uma maneira de permanecer fiel ao que houve de perpétuo na primeira obsessão e, por conseguinte, de reproduzi-la, a menos que ela constitua o seu desmentido ou justificativa.)

*

---

2 Presente também em *La Chambre des enfants*.

Em *O tagarela*, o antagonismo que opõe o narrador ao ouvinte é não só uma oposição de funções incompatíveis, ainda que inseparáveis; de um ponto de vista mais profundo, esse antagonismo aparente tem sua origem no duplo jogo da palavra, e, a meu ver, é nele que nos aproximamos de um dos centros da narrativa. Tagarelar é a vergonha da linguagem. Tagarelar não é falar. O falatório destrói o silêncio e, ao mesmo tempo, impede a palavra. Quando tagarelamos, não dizemos nada de verdadeiro, mesmo não dizendo nada de falso, pois não falamos de verdade. Essa palavra que não fala é objeto de nossa constante reprovação. É uma palavra de diversão, que vai de um lado a outro; por ela, passamos de um assunto a outro, sem saber do que se trata; falamos de tudo da mesma maneira, das coisas consideradas sérias, das consideradas insignificantes, num igual movimento de interesse, precisamente porque sabemos que não falamos de nada; é um modo de dizer, uma fuga diante do silêncio ou diante do temor de nos exprimirmos, é o objeto de nossa constante reprovação. Na verdade, todos tagarelam, mas todos condenam a tagarelice. O adulto diz à criança: "Você não passa de um tagarela!". O mesmo faz o homem com a mulher, o filósofo com um homem qualquer, o político com o filósofo: tagarelice. Essa crítica paralisa tudo. Sempre me impressionou a aprovação atenciosa e enlevada, dada universalmente a Heidegger, quando ele, sob pretexto de análise e com o vigor sóbrio que lhe é próprio, condenou a fala inautêntica. Palavra menosprezada, que nunca é a do "Eu" decidido, lacônico e heroico, mas a não palavra do "a gente" irresponsável. A gente fala. Quer dizer: ninguém fala. Quer dizer: vivemos num mundo onde há uma palavra sem sujeito que a fale, civilização de falantes sem palavra, tagarelas afásicos, delatores que relatam e não se pronunciam, técnicos sem nome nem decisão. Essa palavra descreditada leva ao descrédito ocasionado pelo julgamento que fazemos dela. Quem trata o outro como tagarela se torna suspeito de uma tagarelice pior, pretensiosa e autoritária. Comparada à circunspeção – ou seja, à exigência de não falar, mas apenas de começar a falar –, a referência à seriedade, que exige que se fale apenas com discernimento, logo se mostra como uma tentativa de fechar a linguagem. Trata-se de deter as palavras sob o pretexto de levá-las à sua dignidade. Impomos o silêncio porque somos os únicos a ter o direito de falar; denunciamos a palavra vã e a substituímos pela palavra cortante, que não fala, mas ordena.

*

O tagarela nos fascina e nos inquieta. Mas não porque representaria, a título de figura simbólica, a nulidade tagarela, própria a nosso mundo, e sim porque nos faz pressentir que, uma vez engajado nesse movimento, a decisão de sair dele, a pretensão de ter saído dele já lhe pertence, e essa imensa erosão preliminar, esse vazio interior, essa contaminação das palavras pelo mutismo e do silêncio pelas palavras talvez designem a verdade de toda língua e, em particular, da linguagem literária, que nós encontraríamos se tivéssemos força para ir até o fim, com a resolução de nos abandonar à vertigem de maneira rigorosa, metódica e covarde. *O tagarela* é essa tentativa. Isso explica a leitura oscilante que ele nos impõe. Sem dúvida, tagarelar não é escrever. O tagarela não é Dante nem Joyce. Mas talvez por nunca ser tagarela o suficiente, assim como o escritor é sempre desviado da escrita pelo ser que o faz escritor. Tagarelar ainda não é escrever. No entanto, pode ser que as duas experiências, infinitamente separadas, sejam tais que, quanto mais se aproximam de si mesmas, ou seja, de seu centro ou da ausência de centro, tanto mais se tornam indiscerníveis, embora prossigam infinitamente diferentes. Falar sem começo nem fim, dar a palavra a esse movimento neutro, que é como o universo da palavra, seria praticar tagarelice, fazer literatura?

Essa possibilidade infinitamente falante que, segundo André Breton, abriria para nós o inesgotável murmúrio; a infinita ruminação que, uma vez alcançada, não admite interrupção, como se a palavra perdesse misteriosamente a palavra, sem dizer mais nada, falando sem nada dizer e sempre recomeçando – o que nos autoriza a exaltar uma com o nome de inspiração e a denunciar a outra como palavra alienada? Ou seria ela a mesma que ora é uma maravilha de autenticidade, ora um simulacro mistificador, ora a plenitude do encantamento do ser, ora o vazio da fascinação do nada? Uma é a outra. Mas uma não é a outra. A ambiguidade é a última palavra dessa terceira linguagem que não podemos deixar de inventar se quisermos julgar ou simplesmente falar dessas duas possibilidades, do modo como ocupam todo o espaço e o tempo, universo e antiuniverso que coincidem a ponto de nunca sabermos quando passamos de um ao outro, no qual vivemos, no qual morremos, mas sabendo que o único meio para decidir a respeito é preservar a indecisão e aceitar a exigência ambígua que proíbe de escolher, de uma vez por todas, entre o "bom" e o "mau" infinito. Pode até ser que haja uma palavra autêntica e outra inautêntica, mas a autenticidade não estaria, então, numa ou noutra, e sim na ambiguidade de uma e de outra, ambiguidade, ela própria, infinitamente ambígua. Por isso, a palavra que se oferece como manifestamente autêntica, palavra séria e lugar da seriedade, é a primeira a receber nossa desconfiança, que, no entanto, nos faz perder o poder de romper com o mal-estar do equívoco cotidiano, mal-estar que, ao menos, é comum a todos nós.

*

Não avançarei mais na leitura de *O tagarela*. Cada um deve poder continuá-la por conta própria, referindo-a ao essencial que lhe é próprio. Menos ainda tentarei esclarecê-la com a leitura de outras narrativas reunidas em *La Chambre des enfants*, embora todos esses textos, separados e como que únicos, formem um conjunto coeso, no qual está presente o tema da infância, isto é, da impossibilidade de falar. No entanto, há um aspecto que me impressiona e que eu gostaria de mencionar porque me parece decisivo: como tantas palavras obstinadas em ser apenas palavras, discurso que esgota suas fontes contra si mesmo; como essa extensão verbal de repente dá lugar a algo que já não fala, mas é visto, um lugar, um rosto, a espera de uma evidência, a cena ainda vazia de uma ação que nada mais será além do vazio manifestado. Sim, nada mais surpreendente: aqui, a falésia sob a claridade de um fim de tarde, o cabaré enfumaçado, a moça, o parque coberto de neve, os pequenos seminaristas que cantam invisíveis atrás dos muros a partir de um passado distante, lugares restritos, circunscritos e nada fora do comum, mas cuja importância só poderia ser medida por uma imensa visão. Algo infinito se abriu, para sempre imóvel e silencioso. É como se o vazio das palavras vazias, tornando-se de algum modo visível, desse lugar ao vazio de um lugar vazio e produzisse a claridade. Momento prodigioso sem prodígios, o equivalente espectral do silêncio e talvez da morte, uma vez que ela é apenas a pura visibilidade do que escapa a toda captura, portanto, a toda visão; silêncio, palavra e morte num instante reconciliados (comprometidos) no canto. Desse modo, após esse olhar de Orfeu, é preciso nada menos do que uma hecatombe de palavras, aquilo que o tagarela chama de "sua crise", uma crise fictícia e narrativa, para perpetuar o instante e logo anulá-lo, reduzindo-o à lembrança de um incidente derrisório, lembrança que, para melhor se destruir, se oferece como inventada, sustentada e arruinada pela invenção.

Acrescento ainda uma observação, a fim de marcar, distinguindo-a das outras narrativas, o que é peculiar em *O tagarela*: o movimento que o conduz, uma espécie de violência debochada, um furor, um poder de devastação e de raiva, o esforço para abrir passagem. É com esse movimento que Georges Bataille designava os romances com os quais teria apreciado passar mais tempo. Cito o que ele escreveu a respeito: "A narrativa que revela as possibilidades da vida requer um momento de *raiva*, mas não o faz necessariamente; sem ele, seu autor seria cego a essas possibilidades *excessivas*. Não tenho dúvida: apenas a provação sufocante, impossível, dá ao autor o meio de alcançar a visão distante, aguardada por um leitor cansado dos limites próximos impostos pelas convenções. Como nos demorar com livros que, visivelmente, o autor não foi *obrigado* a escrever?". O poder de revelação da obra de Louis-René des Forêts está relacionado a essa *obrigação* que o autor sofreu para escrever. Nela, algo impossível foi até ele, e nós o acolhemos como um apelo exigente e constrangedor, mas às vezes também (eis o mistério e o escândalo do texto escrito) como a aproximação de uma graça, a afirmação de uma felicidade — desolada e arrebatadora.[3]

---

3 Vale lembrar a seguinte nota de Kafka em seu *Diário*, no qual ele parece aludir a uma das verdades ocultas da narrativa que acabamos de ler: "O que disse Milena sobre a felicidade de tagarelar com as pessoas, sem poder compreender plenamente a verdade do que dizia (há também um triste orgulho justificado). Quem mais além de mim poderia ter prazer em tagarelar?".

MAURICE BLANCHOT (1907-2003), escritor, filósofo, ensaísta e crítico literário francês, é o autor do cultuado romance *Thomas, o obscuro*, e de coletâneas de ensaios literários como *O livro por vir*, além de textos engajados como *Escritos políticos: Guerra da Argélia, Maio de 68 etc*. Este ensaio foi publicado como posfácio à edição de *O tagarela* de 1963 e republicado no dossiê dedicado ao livro, em Louis-René des Forêts. *Œuvres complètes*. Paris: Gallimard, 2015, pp. 606-614.

Posfácio
PABLO SIMPSON

> Admitamos que eu seja um tagarela,
> um tagarela inofensivo, magoado,
> como todos nós.
>
> Uma pessoa assim é capaz de ficar
> sentada em silêncio durante quarenta
> anos, mas, quando abre uma
> passagem e sai para a luz, fica falando,
> falando, falando...
>
> É que você... fala como se estivesse
> lendo um livro.[1]

É difícil percorrer *O tagarela* de Louis-René des Forêts sem lembrar esses trechos recolhidos ao acaso nas *Memórias do subsolo* de Fiódor Dostoiévski. Livro, como este que o leitor tem em mãos, que começa com o narrador se assumindo doente e nos contando, como um tagarela, suas sucessivas desventuras. Alterna-as, além disso, com reflexões sobre a própria veracidade do relato — "não creio numa só palavrinha de tudo quanto rabisquei aqui!", discutindo a qualidade literária de seu texto, enquanto se exprime com cinismo e ambiguidade.

---

[1] Fiódor Dostoiévski. *Mémorias do subsolo*. Trad. Boris Schnaiderman. São Paulo: Editora 34, 2003.

Das três citações acima, a última é uma frase de Liza. É a resposta ao longo discurso moral do narrador de *Memórias do subsolo* num de seus momentos mais exaltados. No contexto do livro, indica a distância entre a linguagem do personagem e a sua própria: oposição social entre ela, a prostituta, e ele, o narrador. Revela, ademais, a mescla que produz a narrativa, oscilando entre tantos discursos, e que o crítico Mikhail Bakhtin pôs sob o signo da "polifonia".

São duas as chaves oferecidas pela proximidade com a novela de Dostoiévski que auxiliam na leitura do livro de Louis-René des Forêts. A primeira chama nossa atenção para o que existe de absolutamente literário em *O tagarela*: a variedade de fontes, de situações, de personagens — embora aqui só exista o discurso monofônico do eu — e de situações que vêm de outras obras. Como nos afirma o próprio narrador, ao competir "com aqueles cuja eloquência invejava", ele assume suas fontes, fazendo delas um pastiche. Está na própria relação entre o narrador e a prostituta, que ressurgirá no centro da novela, ou em momentos maravilhosos como a descrição da boate, evocando o ambiente de marinheiros de *L'Âge d'homme*, de Michel Leiris:

> De cintura fina, seios pontiagudos e igualmente loiras, as duas dançavam com os clientes, jogavam dados ou pôquer e, às vezes, serviam bebidas, ondulando como manequins de alta-costura. [...] Em alguns momentos, as duas irmãs riam muito alto, com a mão no quadril, e moviam o pequeno ventre para a frente e para o lado.[2]

Em *L'Âge d'homme*, trata-se do ambiente decadente de Le Havre em 1924, descrito por Leiris em seu diário e

2 Michel Leiris. *L'Âge d'homme*. Paris: Gallimard, 1939, p. 124.

na recriação romanesca, de forma mais fragmentária se comparada com o fluxo de *O tagarela*. Louis-René des Forêts se apropria desse ambiente com todas as suas sugestões: a embriaguez, a sedução, o jogo, o movimento e o riso incontrolável, fazendo com que, dessa vez, seu público seja composto, de preferência, dos clientes da boate, que riem de forma frenética e "balançam a barriga para a frente e para o lado"[3].

Outro pastiche, do *Paysan de Paris* [O camponês de Paris], de Louis Aragon, surge na bela imagem do "sobrevoo de luz amarela" ou na construção geométrica do parque em que se dará o confronto final entre o narrador e o ruivo — ilha triangular "ligada à terra por meio de duas pontes" — evocando o parque Buttes Chaumont de Paris, com seu mirante cercado por um lago, e cujo único acesso é uma longa ponte suspensa, conhecida como "ponte dos suicidas". Para Martine Ménard, é como se Louis-René des Forêts jogasse com a escrita numa espécie de provocação também com o autor evocado, com cortes, deslocamentos, desqualificações e ironias.[4]

São provocações que se direcionam também ao leitor, interrogando-o, pedindo-lhe desculpas, imaginando seus julgamentos, aos quais responde antecipadamente como se fosse um primeiro leitor, compartilhando suas impressões com o leitor figurado. Como Machado de Assis, atribui-lhe interpretações que rapidamente descarta, e que acabam por imprimir ao texto um movimento em espiral, com idas e vindas, espécie de *mise en abyme* discursiva,

3   Maurice Blanchot comparou o projeto autobiográfico de Louis--René des Forêts e de Michel Leiris em *A palavra vã*, presente nesta edição.
4   Martine Ménard. "Dans le jardin d'Aragon: Louis-René des Forêts", em *Recherches croisées: Aragon, Elsa Triolet*. Besançon: Presses Universitaires Franc-Comtoises, 1998, p. 209.

menos *errata pensante* do que ação e reflexão, uma desdizendo a outra. Narrativa dramatizada, projeta o lugar do leitor ao mesmo tempo que decalca sobre a ação e o texto produzido uma releitura explícita e subjacente.[5]

A segunda chave para a interpretação de *O tagarela* retoma a fala compulsiva de Dostoiévski. Em *Memórias do subsolo*, o narrador não hesita em considerar-se um tagarela. É um dos lugares-comuns da narrativa romanesca a figura de um eu solitário, incapaz de esconder segredos sobre algum acontecimento mais ou menos insólito. Confronta opiniões, oferece as suas próprias. É porta-voz de outras histórias que lhe foram contadas e que deseja, de algum modo, compartilhar.

Em *O tagarela*, o texto oscila entre uma espécie de discurso ininterrupto, que cresce em intensidade à medida que as situações vão surgindo — poucas, insignificantes — na vida do narrador: uma caminhada diante das falésias, uma briga na saída da boate. É o momento em que as vírgulas desaparecem e a pontuação da frase, longe de representar um monólogo interior, dilata-se, bifurca-se, não dispensando uma lógica de encadeamentos sempre precisos. Com isso, ficamos diante da dupla impressão, de um discurso oral e de sua transferência à escrita, ou vice-versa: como se o narrador emprestasse às crises de tagarelice o estilo, a literatura. Corresponde à sensação desconfortável, anunciada desde o início, de que à escrita da novela equivaleria uma nova crise tão ou mais intensa do que as anteriores. Crise com todos os desdobramentos morais; afinal, é um defeito ou um vício, semelhante ao do ensaio sobre a tagarelice das *Obras morais* de Plutarco, para os quais o texto ofereceria o

---

5   Dominique Rabaté. *Louis-René des Forêts, la voix et le volume*. Paris: J. Corti, 1991, pp. 22-26.

exemplo e o remédio: "Vou me calar [...] porque estou esgotado de tantos excessos".

Tagarelice entre o ridículo dos assuntos banais, nos diz Plutarco – e temos a impressão de que são banais os discursos das duas primeiras crises do narrador de *O tagarela*, o segundo deles para uma estrangeira que mal fala francês, espécie de Carmen sedutora e paralisada –, e a sua passagem à escrita, complexa e sugestiva. É aliás curioso o fato de nada sabermos a respeito dos dois discursos proferidos pelo narrador, na falésia e na boate. Deles recebemos apenas os efeitos sobre a audiência e o próprio eu, com o desejo irremediável de passar da solidão à adesão do outro – desejo intermitente, repleto de misantropia –, do desprezo comum à compreensão mútua e silenciosa.

A esse desejo soma-se a questão do estilo. Faz-nos lembrar de um trecho conhecido de Montaigne, também incorporado ao livro como pastiche. Está no ensaio intitulado *Da presunção*. Não é necessário desdobrar aqui, com vagar, seu elemento principal: a capacidade de construir sobre si mesmo uma opinião falsa, frequentemente mais favorável do que deveria ser e que está por trás de alguns instantes cômicos da novela de Louis-René des Forêts, com o narrador preocupado com o julgamento dos outros, não sem exprimir por eles uma empáfia contraditória. Tampouco considerar as elucubrações do filósofo, no mesmo ensaio, quanto às pessoas para as quais não falta assunto, bem como a experiência da embriaguez ou mesmo lembrar-se de alguém que conta os passos enquanto anda na calçada, o que evidencia a atenção com que Louis-René des Forêts leu esse texto.

Valeria retomar uma consideração sobre o estilo que vem pouco depois de um grande elogio aos autores antigos, com os quais Montaigne se compara:

De resto, minha linguagem nada tem de fácil e fluida: ela é áspera e desdenhosa, assumindo disposições livres e desregradas. Agrada-me, assim, se não por meu juízo, por minha inclinação. Mas sinto que, às vezes, deixo-me levar em demasia e, de tanto evitar a arte e a afetação, a elas retorno por outro caminho: *brevis esse laboro, obscurus fio* [querendo ser breve, torno-me obscuro].[6]

No trecho, há uma oposição entre a linguagem fluida e a aspereza, que, para Montaigne, seria sinal de desregramento. Talvez disséssemos o contrário, imaginando a fluidez como um dos atributos da liberdade e a aspereza relacionada mais com o trabalho da escrita literária, sobretudo dos poetas, abolindo os nexos e multiplicando obscuridades. Em Montaigne, é curiosa essa inclinação por uma linguagem descontrolada, que duplica a imagem dos cavalos fugitivos, presente em outro ensaio, intitulado *Da ociosidade*. Pretende evitar a arte e o artifício em troca de uma obediência à natureza pessoal, indício de uma sinceridade descrita nesse mesmo ensaio: o ilustrar-se a si mesmo tal como o eu se sente. E que se acompanharia pelo apreço por uma parte da filosofia antiga que rebaixa o homem, combatendo "nossas presunções e vaidades". Disso resulta o desejo da escrita de trazer consigo os estados da alma no mesmo momento em que denunciaria suas fraquezas.

A linguagem clara, portanto, é fruto de um trabalho. Nas páginas iniciais de *O tagarela*, o narrador faz menção ao mesmo questionamento. Trabalhar as palavras – o

---

6 Michel de Montaigne. *De la présomption* em *Les Essais*, vol. II, ed. Jean Balsamo, Michel Magnien, Cathérine Magnien-Simonin e Alain Legros. Paris: Gallimard, 2007, p. 676 (Bibliothèque de la Pléiade).

artifício, por assim dizer – lhe permitiria alcançar um estilo próprio. Já o estilo livre, que ele chama também de confessional, o faria escrever como se não fosse ele mesmo. Na verdade, ele apresenta as características desse estilo tal qual Jean-Jacques Rousseau no conhecido *Ébauches des Confessions* [Esboços das Confissões]: "Meu estilo desigual e natural, ora rápido e ora difuso, ora grave e ora alegre, constituirá parte de minha história"[7]. Cito o trecho de Louis-René des Forêts para que possamos compará-los:

> Meu gosto me conduz naturalmente ao estilo alusivo, colorido, apaixonado, obscuro e desdenhoso, e hoje resolvi, não sem repugnância, deixar de lado toda pesquisa formal, de modo que me vejo escrevendo com um estilo que não é o meu; quer dizer, renunciei a todas as tentativas ridículas de sedução com as quais me vejo por vezes jogando, sabendo bem o que valem: não passam de uma habilidade ordinária. Some-se a isso o fato de meu estilo natural não ser o confessional, não é de admirar que ele se assemelhe a muitos outros; mas não tenho nenhuma pretensão, estejam avisados.

Aqui, o aparente abandono do estilo artificial e literário faz com que o narrador pretenda um "estilo natural". É o que talvez nos dissesse Montaigne e o que certamente nos diz Jean-Jacques Rousseau, preocupado em oferecer na narrativa de *Confissões* os "estados da alma" no momento do acontecimento, mas também o sentimento do narrador no presente e, com isso, todas as

---

[7] Jean-Jacques Rousseau. "Préambule de Neuchâtel aux *Confessions*", em *Confessions*. Paris: Gallimard, 1959, p. 1.153 (Bibliothèque de la Pléiade).

alterações do estilo, "instrumento de comparação para o estudo do coração humano".

No caso de Louis-René des Forêts, no entanto, o narrador diz recusar a confissão, embora produza um discurso confessional repleto de preocupações morais. A evocação das narrativas de conversão é mesmo sugerida pela música redentora do *Magnificat*, que surgirá ao final de *O tagarela*. O narrador produz, assim, um efeito relativamente deslocado. Conta-nos sua história ao mesmo tempo que afirma não escrever com um estilo confessional. Por outro lado, coloca o leitor na situação de quem não deve pôr o relato em dúvida, uma vez que ele, narrador, assume justamente não se confessar. A revelação final é apenas o desdobramento desse pacto de ficção/confissão, que se cumpre à medida que sabemos que "fingir renunciar aos artifícios é *também* um artifício".

Como se não bastasse, a posição do narrador, contrariamente à ideia do estilo do escritor como expressão da subjetividade ou de certa "personalidade" (em Barthes, no caminho do que chamaria de "assinatura" no ensaio *Modernidade de Michelet*), deixa-nos no impasse de ver nessa modéstia afetada – o não estilo, por assim dizer – a alegoria de um questionamento mais amplo sobre a narrativa na modernidade. Trata-se de uma tagarelice sob o signo de certa proibição, como nos lembra Pascal Quignard[8]. Proibição de falar, mas também de assumir o registro autobiográfico, entendido como falsificação. O pastiche, a citação e os variados textos cruzados acabam, desse modo, por estender de forma paradigmática o mal-estar da tagarelice a toda narrativa romanesca. São os outros que falam por meio do narrador de Louis-René

---

8   Pascal Quignard. *Le Vœu de silence: Essai sur Louis-René des Forêts*. Paris: Galilée, 2005.

des Forêts, submetidos à mesma doença moral: a solidão, a culpa, a incontinência e o exibicionismo.

A exclamação de contentamento de Rousseau, "Ó grande Ser", no fragmento da *Terceira carta ao sr. De Malesherbes* – cuja efusão sentimos repetir-se quando o personagem de *O tagarela* passeia nas falésias –, é substituída, assim, por um discurso também exaltado, que surge como mal--estar. Cito Rousseau:

> Em pouco tempo, da superfície da terra, eu elevava minhas ideias a todos os seres da natureza, ao sistema universal das coisas, ao Ser incompreensível que tudo abraça. Então, com o espírito perdido nessa imensidão, eu não pensava, não raciocinava, não filosofava; sentia-me com uma espécie de volúpia oprimida pelo peso desse universo, entregava-me com entusiasmo à confusão dessas grandes ideias, gostava de me perder em imaginação no espaço; encerrado nos limites dos seres, meu coração se encontrava demasiado restrito; eu sufocava no universo, queria me precipitar no infinito. Creio que, se tivesse desvendado todos os mistérios da natureza, teria me sentido numa situação menos deleitável do que naquele êxtase impressionante a que meu espírito se entregava sem reservas e que, na agitação de meus arrebatamentos, por vezes me fazia exclamar: "Ó grande Ser! Ó grande Ser!", sem conseguir dizer ou pensar nada além disso.[9]

À euforia e ao êxtase como fruto de uma vida de virtudes em Rousseau passam a responder, em Forêts, um narcisismo, com o personagem que se vê frequentemente

9 Jean-Jacques Rousseau. "Lettre à M. De Malesherbes", 26 de janeiro de 1762, em *Œuvres complètes de J.-J. Rousseau*, tomo 2. Paris: J. Bry Aîné, 1856-1857, pp. 187-188.

no espelho, mas também um desejo da escrita, a única capaz de restabelecer uma espécie de equilíbrio. O mal-estar se mostra também diante do leitor, cuja atenção o personagem-narrador pretende entreter, mas que o incomoda e até parece segui-lo, como o ruivo para o qual ele é obrigado a virar-se de tempos em tempos na escuridão da cidade. Mania de perseguição, como em *Narcisse*, de Rousseau, aliás, com todos os sintomas de um eu que se vê como o centro do mundo, apesar de afirmar desde o início que não se distingue em nada.[10]

Por isso, nessa contradição, o desejo de um discurso, uma fecundidade etiológica que se enuncia a cada momento no verbo "*éprouver*": sentir, experimentar, sofrer. Jean Starobinski, no caso de Rousseau, o chamaria de "narcisismo hiperbólico", exigente, criador, voltado ao imaginário e a uma insatisfação que preservaria indefinidamente seu fôlego.

Quando esse fôlego termina em *O tagarela*, a satisfação do silêncio é, assim, apenas o sinal de um fracasso – "não estou à altura de meu vício", "tenho a impressão de persistir num monólogo ridículo e fútil". Mesmo com o pecado redimido pelo castigo físico, e apesar do momento proustiano com as crianças "que me traziam um perfume familiar, vestígio insólito de um mundo tão radicalmente distinto daquele onde eu me debatia quanto o verão o é do inverno", o silêncio é menos uma conquista do que um esgotamento. Disso talvez resulte o próprio silêncio do autor, que interromperá sua atividade literária ao término do livro, dedicando-se à tradução de cartas de

---

10 Sobre o narcisismo em Rousseau, cf. Starobinski, J. "Jean-Jacques Rousseau, reflet, réflexion, projection", em *Cahiers de l'Association internationale des études françaises*, 1959, n. 11. pp. 217-230.

G. M. Hopkins, à pintura e à criação do comitê contra a guerra da Argélia. Silêncio, para esse autor de produção tão exígua, que só será rompido em 1960, quinze anos depois, com a publicação de *La Chambre des enfants*[11].

---

11 Louis-René des Forêts, *La Chambre des enfants*. Paris: Gallimard, 1960.

Referências bibliográficas

DE LOUIS-RENÉ DES FORÊTS

Les Mendiants, Gallimard, 1943; "édition définitive", 1986.
Le Bavard, Gallimard, 1946; col. L'Imaginaire, 1973.
La Chambre des enfants, Gallimard, 1960.
Les Mégères de la mer, Mercure de France, 1967.
Voies et détours de la fiction, Fata Morgana, 1985.
Poèmes de Samuel Wood, L'Ire des Vents, 1986; Mercure de France, 1988.
Le Malheur au Lido, Fata Morgana, 1987.
Face à l'immémorable, Fata Morgana, 1993.
Ostinato, Mercure de France, 1997.
Pas à pas jusqu'au dernier, Mercure de France, 2001.
Œuvres complètes. Gallimard, col. Quarto, 2015.

SOBRE LOUIS-RENÉ DES FORÊTS

BLANCHOT, Maurice. "La Parole vaine", posfácio a *Bavard*, UGE 10-18, 1963; em *L'Amitié*, Gallimard, 1971.
_____. *Une Voix venue d'ailleurs*, Ulysse Fin de Siècle, 1992.
BONNEFOY, Yves. "Une Écriture de notre temps", em *La Vérité de parole et autres essais*, Mercure de France, 1988.

CANADAS, Serge. "L.-R. des Forêts: l'inabordable question", *Critique*, n. 442, Minuit, mar. 1984.

COMINA, Marc. *Louis-René des Forêts, l'impossible silence*, Champ Vallon, 1998.

GARAPON, Paul. "Ostinato, de L.-R. des Forêts: une version de l'inachevable", *Esprit*, nov. 1997.

HAENEL, Yannick. "Le Mystère Molieri", *Recueil*, n. 26, Champ Vallon, 1993.

JABÈS, Edmond. "L.-R. des Forêts ou le malaise de la question", em *Le Livre des marges*, Livre de Poche, 1987.

LOREAU, Max. "L.-R. des Forêts et le tourment de la parole souveraine", *Po&sie*, n. 29, Librairie Classique Eugène Belin, 1984.

MÉNARD, M. "Dans le jardin d'Aragon: Louis-René des Forêts", em *Recherches croisées: Aragon, Elsa Triolet*, Presses Universitaires Franc-Comtoises, 1998.

MILLET, Richard. "Sur L.-R. des Forêts", em *Accompagnements*, P. O. L., 1991.

NAUGHTON, John. *Louis-René des Forêts*, Rodopi, 1993.

PINGAUD, Bernard. "Les Pouvoirs de la voix", em *L'Expérience romanesque*, Gallimard, 1983.

PUECH, Jean-Benoît. *Louis-René des Forêts*, romance, Farrago, 2000.

QUIGNARD, Pascal. *Le Vœu de silence*, Fata Morgana, 1985.

RABATÉ, Dominique. *Louis-René des Forêts, la voix et le volume*, Corti, 1991.

ROUDAUT, Jean. *Louis-René des Forêts*, Seuil, 1995.

_____. *Encore un peu de neige*, Mercure de France, 1996.

_____. "Nuit manuscrite", *Théodore Balmoral*, n. 58, 2008.

VÉDRENNE, Vincent. "Description d'un combat", *Nouveau Recueil*, n. 43, Champ Vallon, 1997.

WALL, Antony. "La Parole mystique est un prétexte", *Poétique*, n. 88, Seuil, nov. 1991.

Cahier Critique de Poésie, Dossier Louis-René des Forêts, n. 2, Centre International de Poésie de Marselha/Farrago, ed. Léo Scheer, 2000.
Louis-René des Forêts, Cahier Six-Sept, Le Temps Qu'il Fait, dir. Jean-Benoît Puech et Dominique Rabaté, 1991.
L'Œil de bœuf, Louis-René des Forêts, n. 12, maio 1997.

PABLO SIMPSON é poeta, tradutor e professor no departamento de Letras Modernas da Universidade Estadual Paulista (Unesp). Doutor em Teoria e História Literária pela Unicamp, é autor dos livros *O Rumor dos cortejos: poesia cristã francesa do século XX* (Ed. Unifesp), *Rastro, hesitação e memória: o tempo na poesia de Yves Bonnefoy* (Ed. Unesp) e da obra poética *O tio da caminhonete* (Editacuja).

Sobre o autor

LOUIS-RENÉ DES FORÊTS (1918-2000) nasceu em Paris e estudou Direito e Ciências Políticas. Começou a escrever durante a ocupação alemã da França, enquanto fazia parte da Resistência. Também atuou ativamente no movimento contra a guerra franco-argelina, fundando o Comité contra a Guerra da Argélia (1954), ao lado de outros intelectuais franceses. Entre suas principais obras, estão *Les Mendiants* (1943), *O tagarela* (1946), *La Chambre des enfants* (1960) e *Ostinato* (1997). A partir de 1953, contribuiu para a criação da *Encyclopédie de la Pléiade*, com Raymond Queneau, e participou do famoso comitê de leitura da editora Gallimard entre 1966 e 1983. Em 1967, fundou a revista de poesia e arte *L'Éphémère* com Yves Bonnefoy, André du Bouchet, Paul Celan, Jacques Dupin, Michel Leiris e Gaétan Picon. Recebeu diversos prêmios, como o Prix des Critiques (1960), o Grand Prix Nationale des Lettres (1991), o Grand Prix de Littérature de la SGDL pelo conjunto de sua obra (1997) e o Prix de L'Écrit Intime, pela autobiografia *Ostinato* (1997).

A primeira parte de *O tagarela* foi publicada originalmente em *L'Arbalète*, n. 10, 1945. A versão completa saiu em livro em 1946 pela Gallimard. O texto aqui traduzido provém da versão revista pelo autor em 1963 e republicada desde então.

PREPARAÇÃO Karina Jannini
REVISÃO Ricardo Jensen de Oliveira, Huendel Viana
e Tamara Sender
CAPA Filipe Lampejo
ILUSTRAÇÕES erre erre
PROJETO GRÁFICO DE MIOLO Bloco Gráfico

DIRETOR-EXECUTIVO Fabiano Curi

EDITORIAL
Graziella Beting (diretora editorial)
Livia Deorsola e Julia Bussius (editoras)
Laura Lotufo (editora de arte)
Kaio Cassio (editor-assistente)
Lilia Góes (produtora gráfica)

RELAÇÕES INSTITUCIONAIS E IMPRENSA Clara Dias
COMUNICAÇÃO Ronaldo Vitor
COMERCIAL Fábio Igaki
ADMINISTRATIVO Lilian Périgo
EXPEDIÇÃO Nelson Figueiredo
ATENDIMENTO AO CLIENTE Meire David
DIVULGAÇÃO/LIVRARIAS E ESCOLAS Rosália Meirelles

EDITORA CARAMBAIA
Av. São Luís, 86, cj. 182
01046-000 São Paulo SP
contato@carambaia.com.br
www.carambaia.com.br

copyright desta edição © Editora Carambaia, 2023
© Éditions Gallimard, Paris, 1946, 1973
Venda proibida em Portugal
ensaio Maurice Blanchot, "La parole vaine", in *L'Amitié*
© Éditions Gallimard, 1971

Título original: *Le Bavard* [Paris, 1946]

CIP-BRASIL. CATALOGAÇÃO NA PUBLICAÇÃO
SINDICATO NACIONAL DOS EDITORES DE LIVROS, RJ

D486t
Des Forêts, Louis-René [1918-2000]
O tagarela /Louis-René des Forêts;
ensaio Maurice Blanchot;
tradução e posfácio Pablo Simpson
1. ed. – São Paulo: Carambaia, 2023.
144 p.; il.; 21 cm

Tradução de: *Le Bavard*
ISBN 978-65-5461-006-3

1. Romance francês. I. Blanchot, Maurice.
II. Simpson, Pablo. III. Título.

23-82504   CDD: 843   CDU: 82-31(44)
Gabriela Faray Ferreira Lopes – Bibliotecária CRB-7/6643

ilimitada

FONTE
Antwerp

PAPEL
Pólen Bold 70 g/m²

IMPRESSÃO
Geográfica